酔いどれ小籐次留書　青雲篇

品川の騒ぎ

佐 伯 泰 英

幻冬舎時代小説文庫

酔いどれ小籐次留書　青雲篇

品川の騒ぎ

特別付録・「酔いどれ小籐次留書」ガイドブック

目次

特別付録・「酔いどれ小籐次留書」ガイドブック　195

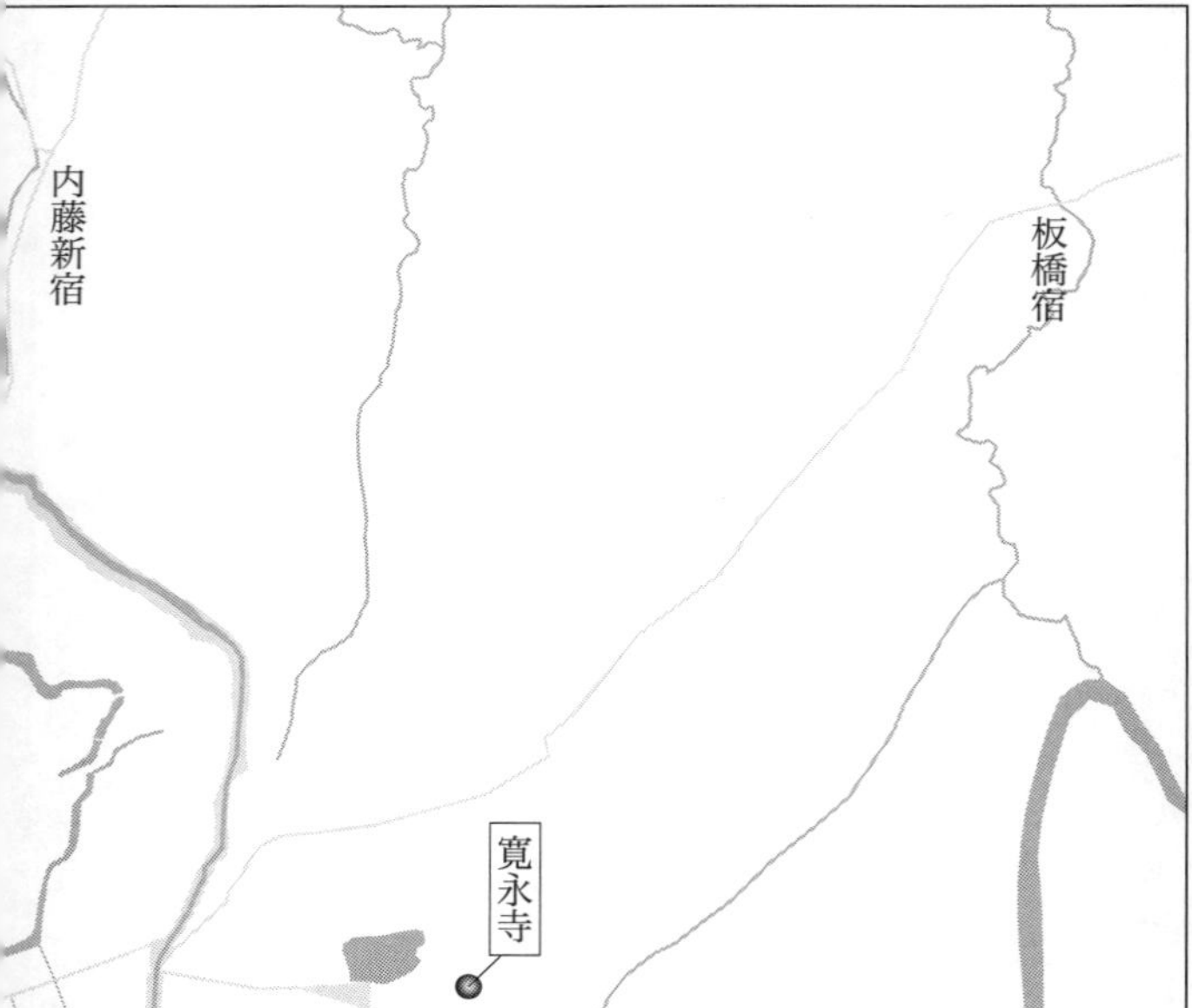

内藤新宿
板橋宿
寛永寺
両国橋
Ⓑ
東本願寺
浅草寺
大川
吉原
千住大橋
回向院
吾妻橋
畳職備前屋　梅五郎
望外川荘　おりょう
長命寺
北

「酔いどれ小籐次留書」
江戸関連地図
大木戸
豊後森藩下屋敷
高輪
大木戸
品川宿
増上寺
溜池
麹町
南町奉行所
北町奉行所
Ⓐ
芝口橋
日本橋
佃島
Ⓒ
永代橋
新大橋
富岡八幡宮
Ⓐ芝口周辺
Ⓑ日本橋周辺
Ⓒ深川周辺

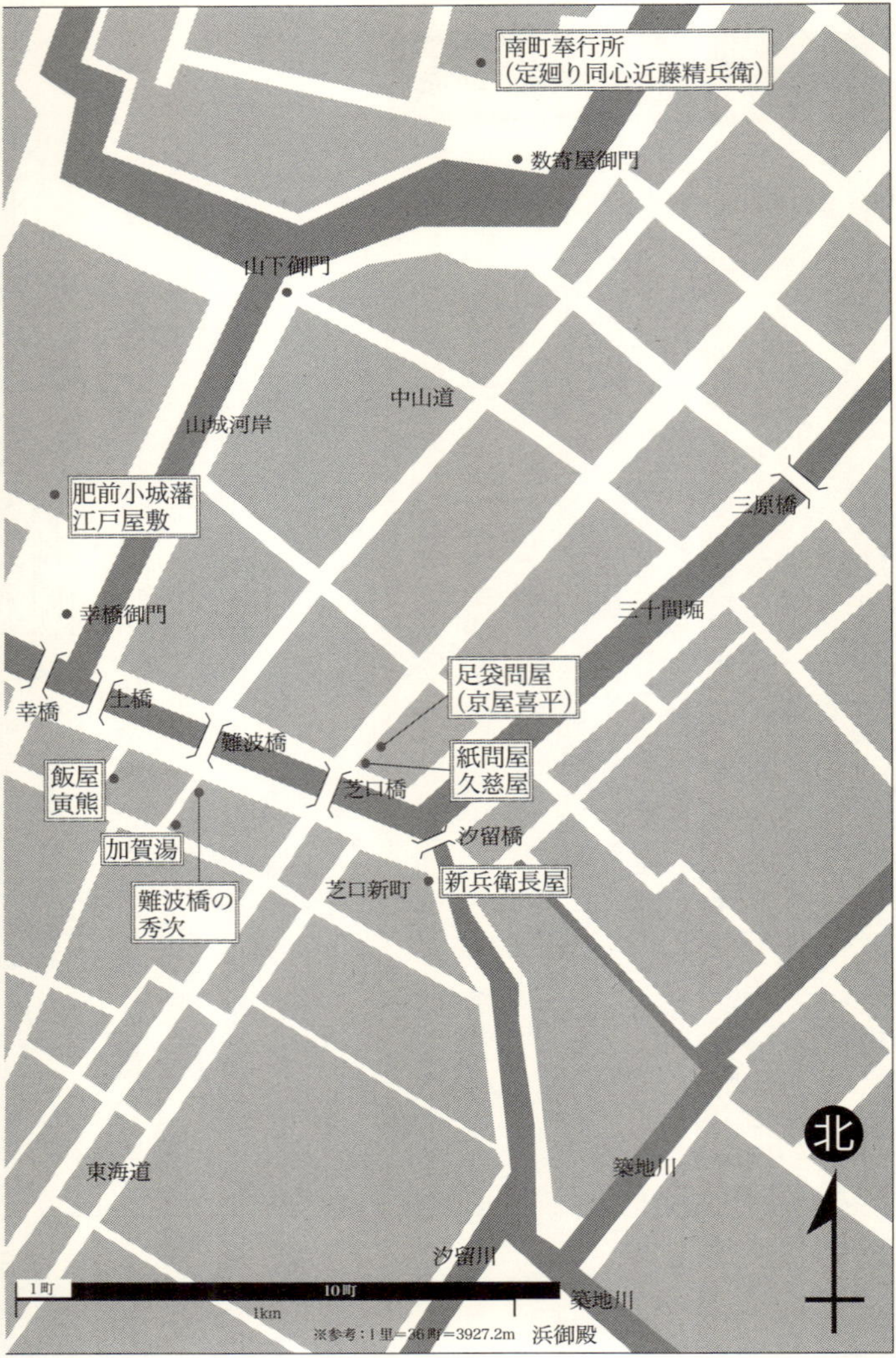
南町奉行所
（定廻り同心近藤精兵衛）
数寄屋御門
山下御門
中山道
山城河岸
肥前小城藩
江戸屋敷
三原橋
幸橋御門
三十間堀
足袋問屋
（京屋喜平）
幸橋
土橋
難波橋
紙問屋
久慈屋
飯屋
寅熊
芝口橋
汐留橋
加賀湯
芝口新町
新兵衛長屋
難波橋の
秀次
東海道
築地川
北
汐留川
1町
10町
1km
築地川
※参考：1里＝36町＝3927.2m
浜御殿

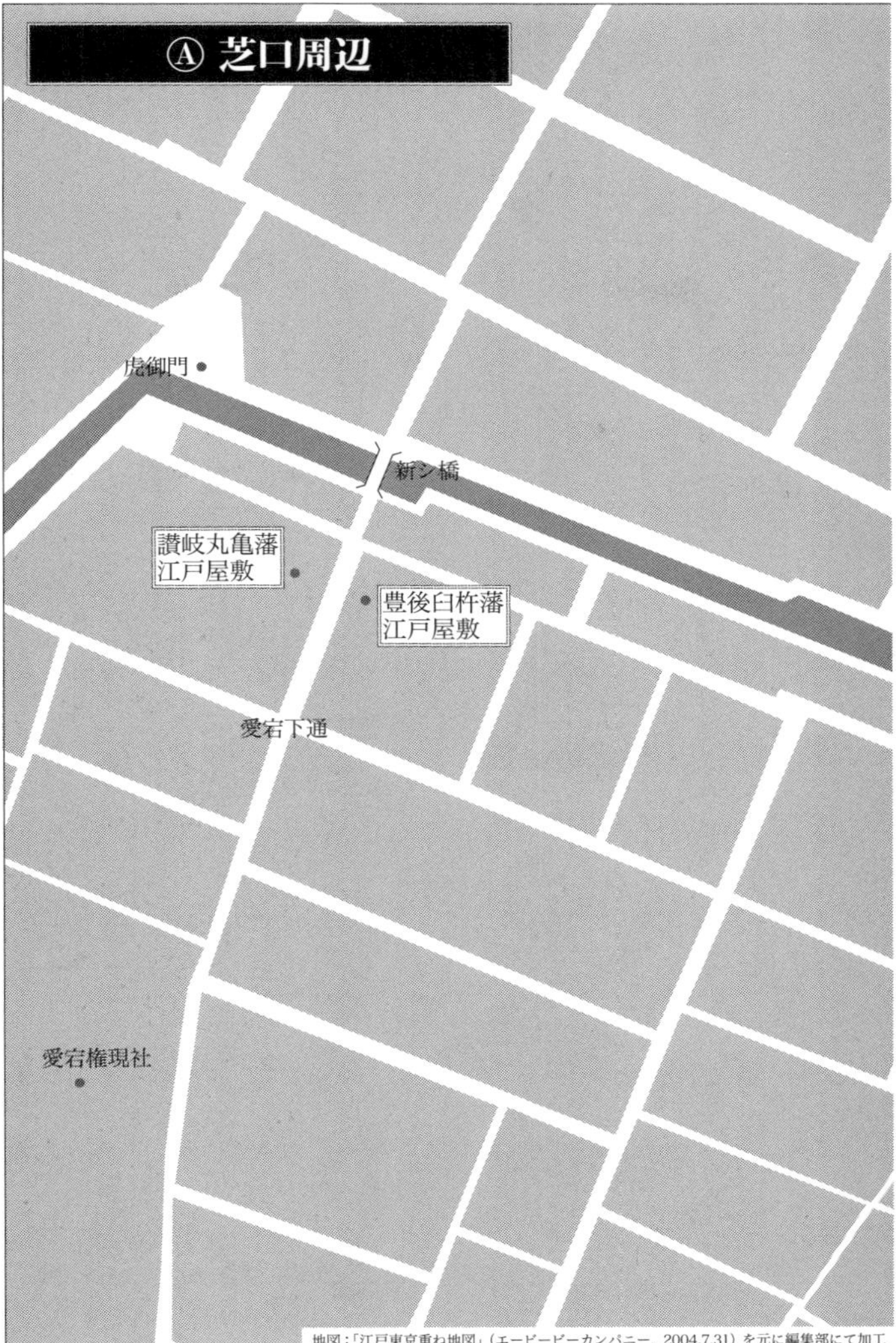

地図：「江戸東京重ね地図」（エービーピーカンパニー、2004.7.31）を元に編集部にて加工

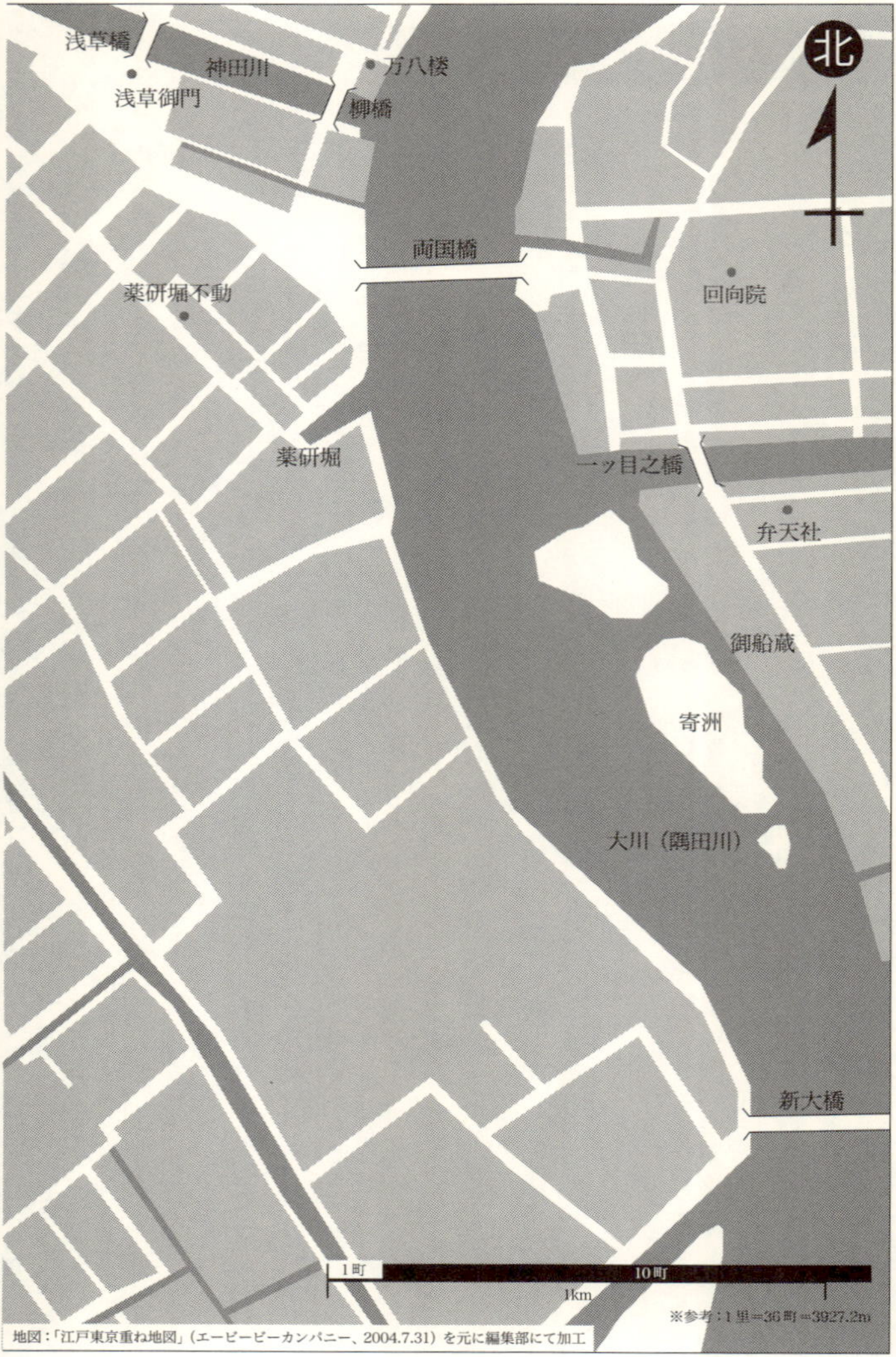

地図：「江戸東京重ね地図」（エーピーピーカンパニー、2004.7.31）を元に編集部にて加工

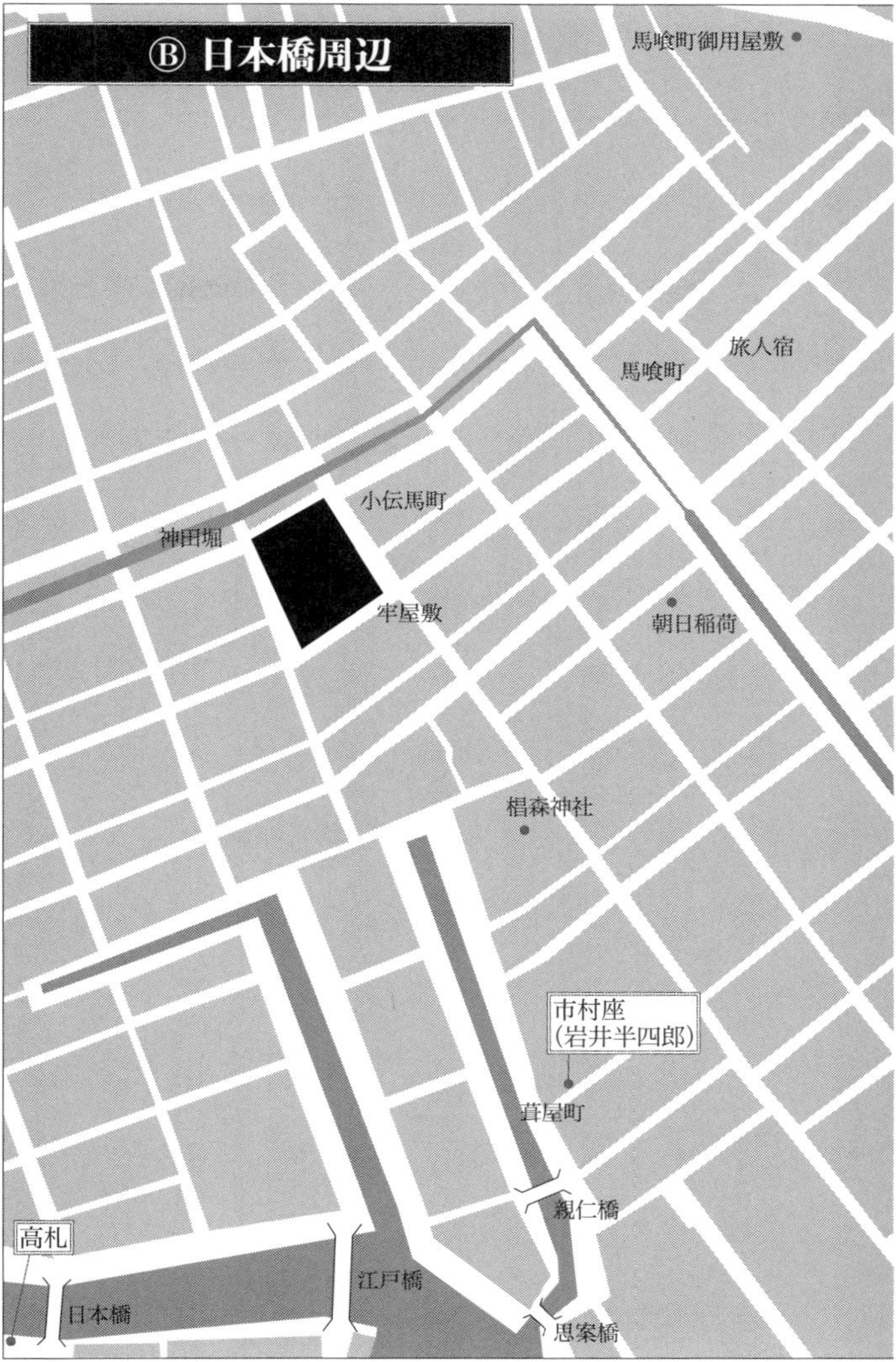
Ⓑ 日本橋周辺
馬喰町御用屋敷
旅人宿
馬喰町
小伝馬町
神田堀
牢屋敷
朝日稲荷
椙森神社
市村座
(岩井半四郎)
葺屋町
親仁橋
高札
江戸橋
日本橋
思案橋

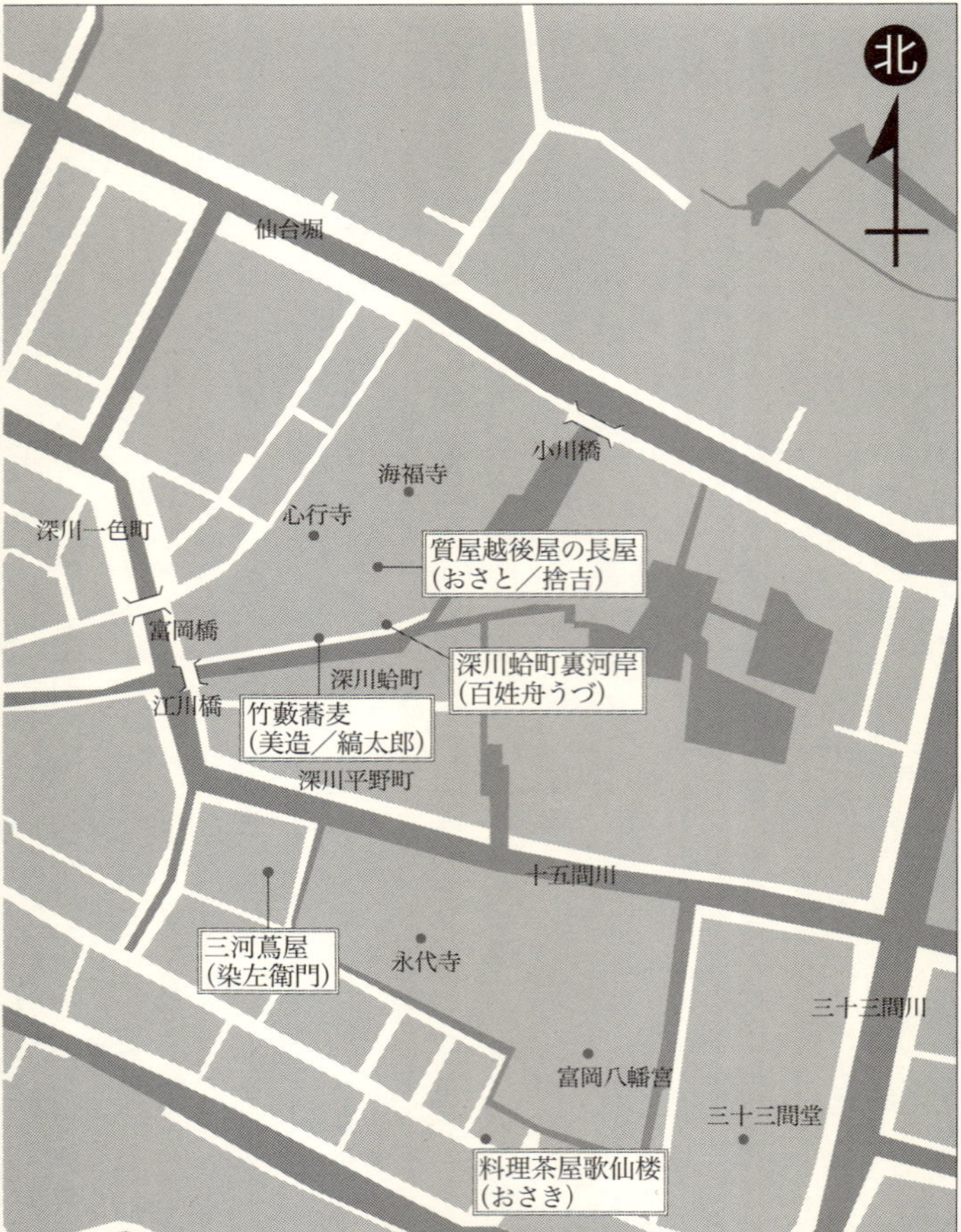

地図：「江戸東京重ね地図」（エーピーピーカンパニー、2004.7.31）を元に編集部にて加工

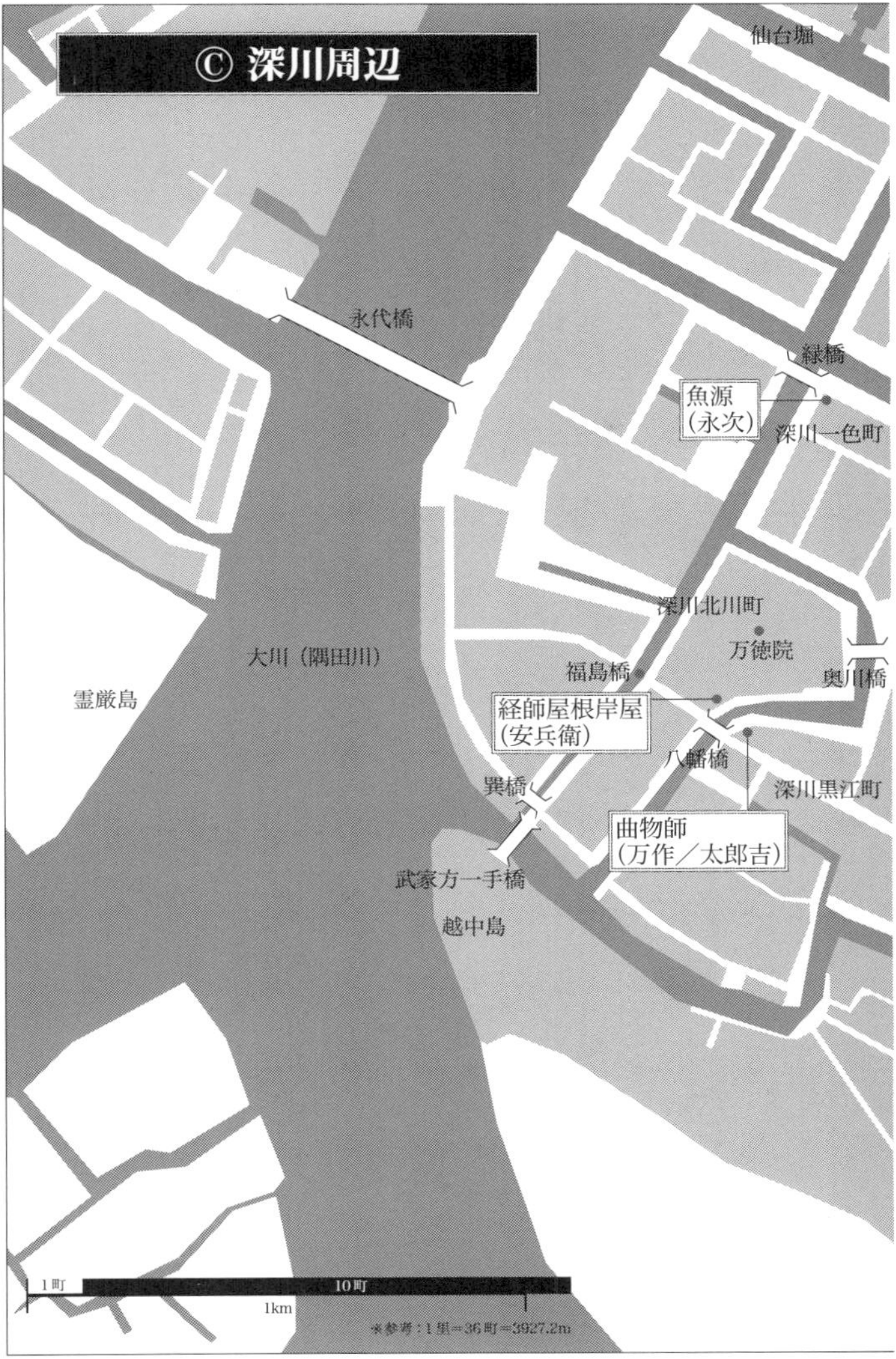
Ⓒ 深川周辺
仙台堀
永代橋
緑橋
魚源
（永次）
深川一色町
深川北川町
万徳院
奥川橋
福島橋
大川（隅田川）
霊巌島
経師屋根岸屋
（安兵衛）
八幡橋
深川黒江町
巽橋
曲物師
（万作／太郎吉）
武家方一手橋
越中島
1町
10町
1km
※参考：1里＝36町＝3927.2m

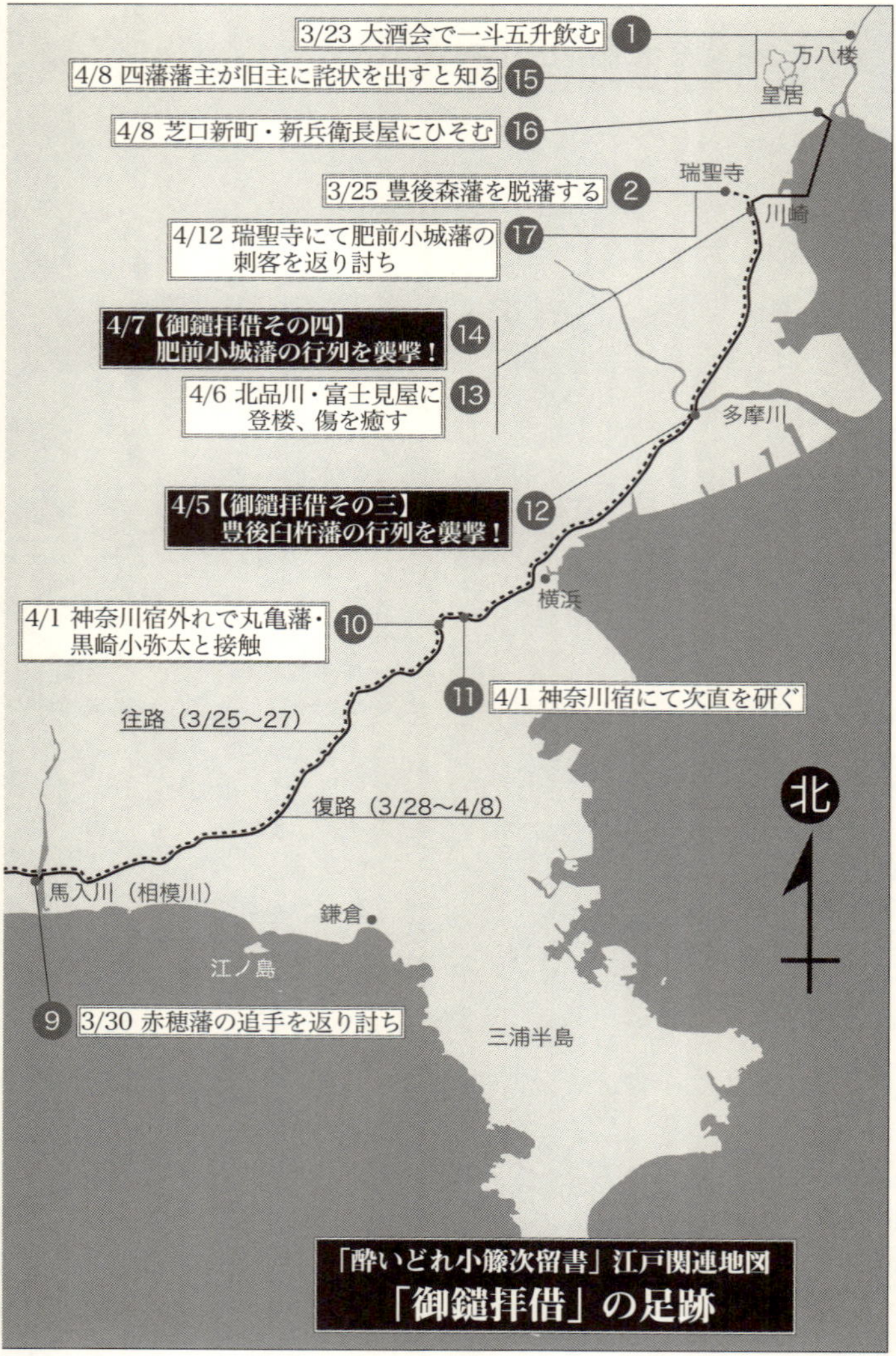
3/23 大酒会で一斗五升飲む
1
4/8 四藩藩主が旧主に詫状を出すと知る
15
万八楼
皇居
4/8 芝口新町・新兵衛長屋にひそむ
16
瑞聖寺
3/25 豊後森藩を脱藩する
2
川崎
4/12 瑞聖寺にて肥前小城藩の刺客を返り討ち
17
4/7【御鑓拝借その四】肥前小城藩の行列を襲撃！
14
4/6 北品川・富士見屋に登楼、傷を癒す
13
多摩川
4/5【御鑓拝借その三】豊後臼杵藩の行列を襲撃！
12
横浜
4/1 神奈川宿外れで丸亀藩・黒崎小弥太と接触
10
11
4/1 神奈川宿にて次直を研ぐ
往路（3/25〜27）
復路（3/28〜4/8）
北
馬入川（相模川）
鎌倉
江ノ島
9
3/30 赤穂藩の追手を返り討ち
三浦半島
「酔いどれ小籐次留書」江戸関連地図
「御鑓拝借」の足跡

「御鑓拝借事件」は文化十四（一八一七）年正月二十八日——。豊後森藩八代目藩主・久留島通嘉が江戸城柳之間において、讃岐丸亀・播州赤穂・豊後臼杵・肥前小城の藩主たちに「城を持たない大名」と揶揄される「恥辱」を受けたことから始まった。藩主の涙を偶然見た厩番・赤目小籐次は藩主の恥辱を雪ぐべく脱藩。柳橋・万八楼の大酒会で得た二位の賞金二両を軍資金に、一子相伝の来島水軍流を駆使して四藩の大名行列を単身で襲撃し、御鑓を奪うゲリラ戦を展開した。これが後に「酔いどれ小籐次」と江戸庶民に謳われる小籐次の、出世譚の始まりだった。

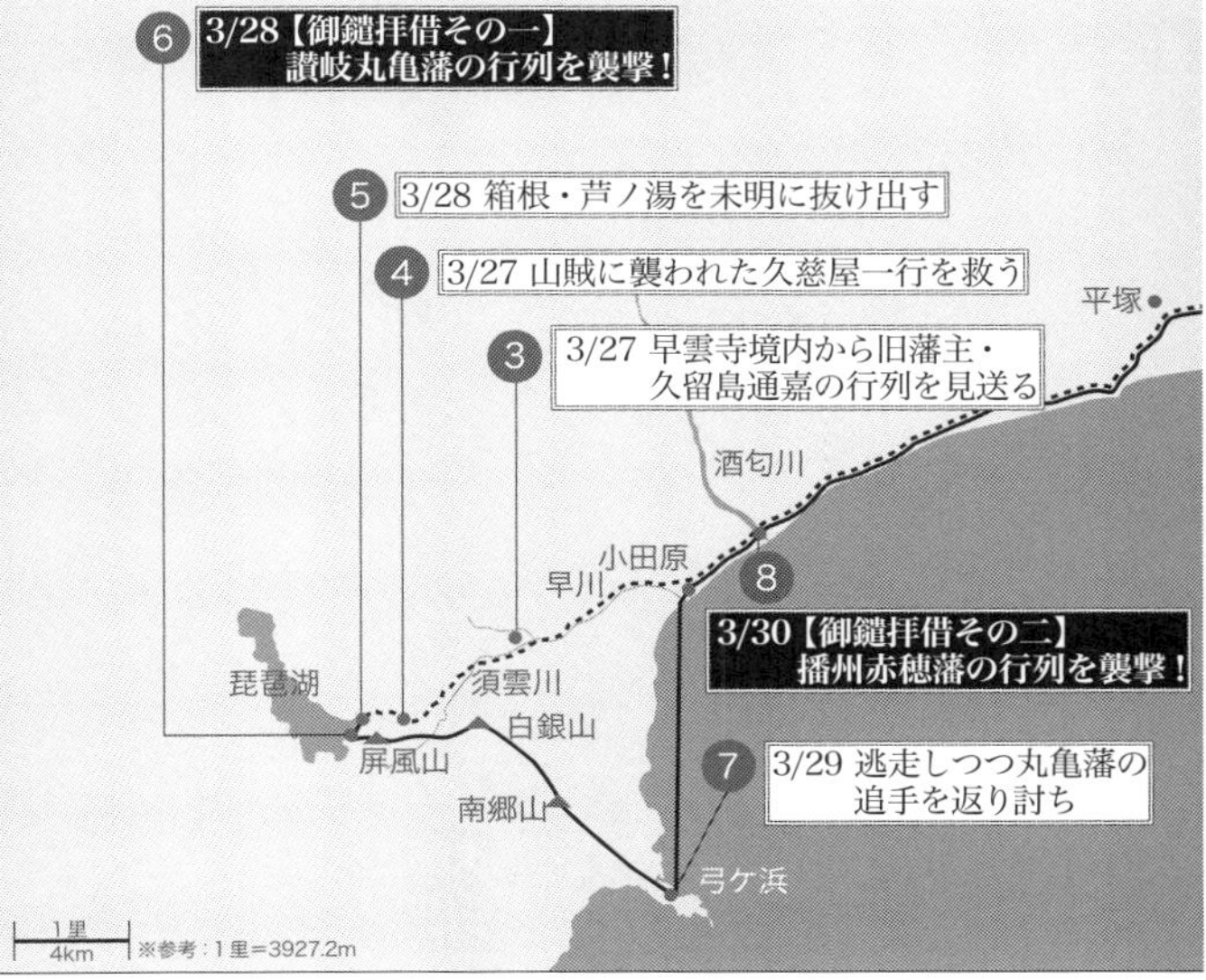

酔いどれ小籐次留書　青雲篇

品川の騒ぎ

第一章　腹っぺらし組

一

天明《てんめい》七年（一七八七）の四月、徳川十代将軍家治に代わり十一代家斉の治世が始まった。

将軍宣下は四月十五日だ。それと期を合わせるように、江戸市中で打毀《うちこわ》しが始まった。この騒ぎは大坂に飛び火し、九州、四国、畿内、近畿、東海、北陸、関東、奥羽一円に広がった。

この前年、田沼意次《おきつぐ》が罷免されて天明の改革が失敗し、世の中は疲弊しきっていた。

小篠《こ》《とう》次《じ》が腹を空かせて竹籠《たけかご》造りに精を出していると、裏木戸の向こうで、

「おいでおいで」

と手がひらひらしていた。

悪さ仲間の中間《ちゅうげん》の新八だ。

「父上、ちと腹がしぶっております、厠《かわや》に行かせて下さい」

小篠次は父親の伊蔵に願った。

ここは豊後《ぶんご》森藩の江戸下屋敷だ。禄高《ろくだか》一万二千五百石、絵に描《か》いたように貧乏小名である。体面上、下屋敷は持たざるをえないが下屋敷に回す金子《きんす》などない。そこで下屋敷に回された奉公人は内職で下屋敷の費えを稼ぎ出さざるをえなかった。用人高堂伍平は傘問屋などを訪ね歩き、番傘、笊《ざる》、玩具とあらゆる内職を貰《もら》ってきて、奉公人一同が下屋敷台所の板の間を作業場にして一日じゅう賃仕事に精を出した。

伊蔵は厩《うまや》番三両一人扶持《ぶち》だが、女中以下の俸給とて満足に支払われたことはない。だが、下屋敷に暮らしていれば三度三度の食事はついて回った。だから代代奉公を続ける家系が何家かあってそれによって豊後森藩下屋敷は支えられていた。

じろり

伊蔵が竹笊の底を編みながら、十八歳の小籐次を見た。

小籐次は思わず首を竦《すく》めた。

伊蔵は父親であると同時に厩番の上役であり、剣術来島《くるしま》水軍流の師匠ゆえ、頭が上がらなかった。

「このところ芋ばかりが主食ゆえ、腹下しを致したか。厠に行って参れ」

と高堂用人が許した。

「暫時《ざんじ》、中座を」

と呟《つぶや》きながら、小籐次は板の間から土間に下りた。腰には竹鞘《たけざや》の短刀が一本差し落とされていたが、それが唯一つの武家奉公の証《あかし》だった。この短刀とて戦国時代、西国の戦場を駆けまわっていた先祖が落ち武者の腰から奪った代物《しろもの》だ。

「小籐次、なぜ外の厠に参る」

伊蔵の声がしたときには、すでに小籐次は裏木戸から飛び出していた。

「小籐次、前掛けなんぞして、あの屋敷はほんとうに森藩下屋敷か」

「うるさい、新八」

小籐次は、前掛けを外して竹屑《たけくず》を叩《はた》き落とし、懐《ふところ》に突っ込んだ。

「新八、用事はなんだ」

新八の父親は目黒川沿いの旗本一柳家の小者《こもの》で、広大な屋敷の畑を任されていた。倅《せがれ》の新八の懐具合は小籐次とおっつかっつだ。ひょろりと背が高く、ようやく五尺に達した小籐次より一尺は高かった。四つほど年上だったが、おっとりした新八と小籐次はなんとなくうまがあった。

「松平の若様がお呼びだ」

「保雅様がなんの用だ」

松平の若様こと松平保雅は、信州松野藩六万石松平家の三男坊である。この近くの下屋敷に暮らしており、新八などは、

「松平の若様」

と呼んでいた。

殿様が料理茶屋の女に産ませた子だが、松平家三番目の男子だけに下屋敷に引き取られていた。嫡男、次男に万が一のことがあれば、信州松野藩六万石を継ぐ可能性も残されていないわけではなかったが、体《てい》のいい飼い殺しの身だ。

十九歳の保雅は我儘《わがまま》放題に育てられ、十四、五にして近くの品川宿で女遊びから

酒、博奕《ばくち》とひと通りの悪さは覚えた厄介者で、大和横丁界隈《かいわい》のワルを束ねる、

「大和小路若衆組」

の頭分だった。とはいえ、大和横丁の大名家下屋敷、大身《たいしん》旗本の抱え屋敷の持て余しどもがなす悪さなど高が知れていた。小籐次と新八が組の名を言い合うとき、

「品川村腹っぺらし組」

と呼んでいた。

小籐次と保雅は二年前からの付き合いだ。小男で風采《ふうさい》の上がらない厩番の倅が、意外にも剣の遣い手と知ったとき、保雅は小籐次に一目おいて、何事か始めるとき、必ずや小籐次を呼んだ。

松平保雅と仲間は、大和横丁を西に行った瑞聖寺の広大な境内《けいだい》の墓地にいた。

「おお、小籐次来たか」

と保雅が小籐次を迎えた。

「保雅様《せ》、なんの用ですか」

「そう急くな」

保雅は手にしていた瓢箪《ひょうたん》を差し出した。

「酒か。酒は飲まん」

「相変わらずの愛想なしじゃな」

と保雅が言うと、栓を口の端で抜き、ごくごくと喉《のど》を鳴らして飲んだ。そして、その瓢箪を仲間に回した。

「金を稼ぐ気はないか」

保雅が一同を見回した。

「若様、金と聞いて食傷している野郎なんて、だれ一人いやしませんぜ。この小籐次なんぞ、生まれて以来、白米を食ったことがねえほどの貧乏暮らしだ。貧乏の二文字が屋敷じゅうに躍ってらあ」

応じたのは御家人田淵家の三男坊参造だ。小籐次とは初対面のときから反りが合わなかった。

小籐次は参造のからかいを無視した。

「小籐次、今日も芋か」

「それがどうした」

と小籐次が軽く流した。

「いいか、小籐次。大仕事の最中に屁《へ》なんぞをこくんじゃねえぞ」

松平保雅の腹心を任じている参造が言った。

「他人の心配せずに自分の頭の蠅《はえ》を追いな」

「なにを、厩番の小倅が」

「おまえだって冷や飯食いの御家人の三男坊じゃないか。こっちと変わりはしねえや」

「言いやがったな、小籐次。若様が目をかけなさるからといって、大きな口を利くねえ」

と喚《わめ》いた参造が安物の刀の柄《つか》に手をかけた。

「やるか」

小籐次も短刀の柄に手をかけた。

「おまえ、その竹鞘に籐巻の短刀で、おれに手向かおうというのか」

「喧嘩《けんか》は道具じゃない。肚《はら》と腕だ」

二人は睨《にら》み合った。

「仲間同士、いがみ合ったとて一文にもならぬぞ。参造、小籐次。おまえらが嫌なら仲間から外してもいいんだぞ」

と若様が二人を睨んだ。

小籐次が先に籐巻の柄から手を離した。

「それにしても小籐次、刀はなしか」

「内職の最中に呼び出されたんだ。致し方ありませんよ」

「おまえの腰に大小が差し落とされているのを見たことがない。おれが家来の刀をくすねてきた。見てみよ」

保雅が傍《かたわ》らの布包みを差し出した。

「これを、おれに」

「やるんじゃない。仕事の間、貸すのだ」

「分かった」

小籐次は布包みを解《ほど》いた。黒塗りの鞘は所々剝《は》げていたが、拵《こしら》えはしっかりとしていた。

「銘なんぞ調べたってありゃしない。だがな、研ぎに出したばかりだから、斬《き》れるには斬れるって話だ」

「拝見致す」

小籐次の言葉遣いが急に侍言葉になり、柄を手前に鞘を輪の外に突き出した小籐次が鯉口《こいぐち》を切って鞘から刀身を抜いた。

刃渡り二尺一寸八、九分か。小柄な小籐次には遣い易い長さだった。研ぎに出したと保雅は言ったが、さほど上手な研ぎ師に頼んだとは到底思えなかった。だが、刃のかたちや刃文から、相州一文字派《そうしゅういちもんじ》の刀鍛冶《かたなかじ》を真似《まね》た仕事に思えた。

一旦《いったん》鞘に戻した刀を小籐次は腰の短刀の脇《わき》に差した。

仲間の輪を離れ、両足を広げて抜き打ちの構えを見せた。

ぶーん
墓石に巣を作っているのか、蜂が何匹か夏の日盛りを飛んでいた。

間合いを計っていた小籐次が無音の気合いとともに刀を抜き上げた。

光の中に刃《やいば》が鮮やかに躍り、ぱちりと音がして小籐次の鞘に戻った。

体を両断された蜂が数匹、虚空からふわりふわりと地べたに落ちてきて、仲間たちがごくりと息を呑《の》んだ。

「見たか、小籐次の腕前を」

と保雅が自慢げに言った。

「よし、仕事の説明を致す」

保雅の声に小籐次は半円に戻った。

「世の中、打毀し流行《ばや》りだ。分限者《ぶげんしゃ》はどこも怯《おび》えてやがる。南品川妙国寺門前町の地主津之國屋を承知か」

「若様、おれたち品川っ子だぜ。青物横丁の津之國屋を知らなきゃあもぐりだ」

と参造が保雅に追従《ついしょう》するように応じ、

「津之國屋金蔵はただの地主じゃねえ。品川宿で五軒の食売旅籠《めしもりはたご》を営み、身を売る女を三十七人も抱えてやがる。一夜の売り上げだって百両じゃきくめえよ」

とさらに言い足した。

「参造、津之國屋の金蔵が打毀しを気にしておれたちに助けてくれと泣きを入れてきたと思え」

「若様、当分小遣いには困らないぜ」

参造がにんまりし、大円寺の寺侍の土肥光之丈が、

「おれっちの仕事はなんですね」

と話を進めた。光之丈は八人の中で二十二歳といちばんの年長だった。

「急くな騒ぐな、光之丈よ。津之國屋では、池上通りに百姓家を持っているんだとか。ここの地下蔵に津之國屋は身代を集めているそうだ。こいつをおれたちに当分護《まも》ってくれないかという話だ」

「なにっ、他人様《ひと》の千両箱を夜通し守ろうって話か。馬鹿馬鹿しいな」

と思わず参造が呟いた。

「参造、馬鹿馬鹿しけりゃ抜けてもいいんだぜ」

「若様、そうは言ってねえよ。他人様の銭箱をおれたちで守りきれるかね。つい手を出したくなるんじゃないか」

「参造、津之國屋には恐ろしいほど腕の立つ豪柔一刀流佐久間兼右衛門、次郎吉、三郎助の兄弟用心棒がついていやがる。こやつらがおれたちを草の根分けても探し出して一人また一人と責め殺すそうだ」

首を竦めた参造の代わりに小籐次が、

「それだけ強い用心棒を雇っているんだ。奴《やつ》らにこの仕事をさせればよいではないか」

と自問するように呟いた。

「そこだ、小籐次。やつらは津之國屋の賭場《とば》回りで忙しいそうだ。だから、おれたちにこの役が回ってきたんだ。やるか」

やる、と参造をはじめ、小籐次を除いた全員が賛意を示した。

「小籐次、どうする。一晩、一人頭一分の手間賃だ」

「えっ、一晩一分か、四晩勤めれば一両か」

傘張り浪人の倅市橋与之助が喜色を浮かべた。

小籐次は仲間八人に一人頭一分で二両、保雅はさらに二両や三両を懐に入れるはずだと計算した。すると津之國屋は一晩に四、五両を保雅一味に払うことになる。

いささかきな臭い話だと思った。

「おれは下りた」

「なんだと、小籐次。打毀しが怖いか」

と参造が食いついた。

「いやそうじゃない。この話、うますぎる」

「どういうことだ、小篠次」

　と若様が睨んだ。

「津之國屋の用心棒は三兄弟ばかりじゃない。荒っぽい連中がごろごろいる。その連中を使えばいいじゃないか」

「津之國屋の主《あるじ》は、泥棒に銭箱の番をさせるようなものだ、信用がならない、とおれに言った」

「違いねえ、一夜にして津之國屋の蔵ん中が空にならあ」

　と参造が応じた。

「参造、おれたちだっておんなじことだ。津之國屋の身代を掻《か》っ攫《さら》って逃げかねない。それをどうしておれたちを信用する」

「小篠次、おれは痩《や》せても枯れても信州松野藩松平家の三男坊だぜ。兄上二人になにかあれば、このおれが六万石を継ぐ身だ。津之國屋の主はおれの身分を信用したんだ」

　と保雅が胸を張った。

「小篠次、この仕事に乗るのか乗らないのか。おまえがいなくたって、おれたちだけでやってのけられる仕事だぞ。ねえ、若様」

と参造が決断を迫った。

「いや、この仕事、人数がいる。小籐次は大事な一人だ」

「ほかに仲間を募りますぜ。この条件ならいくらも集まる」

「気心が知れた仲間が大事なんだ、参造」

「ちぇっ。小籐次がいくら刀を振り回すのが得意だからといって信用するのは、後悔しますぜ。腹っぺらしほど裏切りやがる」

「どういうことだ、参造」

再び小籐次と参造が睨み合った。

「小籐次、銭を稼ぎたくないのか。仕事次第では割り増しをつけてもいいぜ」

「えっ、小籐次だけにですかえ」

と参造が喚いた。

「いや、全員の働き次第では報奨を出してもよいと津之國屋が言っておるのだ。小籐次、仲間がこうして頼んでいるんだ。一人だけすねることもあるまい」

保雅が小籐次に頼んだ。

いよいよ怪しい話だと小篠次は思った。

そのとき、新八が小篠次に向かって手を合わせているのが目に留まった。仲間のだれもが喉から手が出るほど金に飢えていた。

「いつから仕事だ」

「明晩からだ、小篠次」

保雅がほっとした声を上げた。

「助けてくれるな、小篠次」

「いつまで続く」

「打毀しが止《や》むまでよ」

「おれたち、大金持ちになるぜ」

「使わなきゃあな」

「これは手づけだ」

と保雅が全員に一分ずつ渡して、

「明日の暮れ六つにこの場所に集まる、いいな」

分かった、と全員が声を揃《そろ》えた。

「小籐次、助かったぜ」

と新八が小籐次に礼を言った。

「おれんち、何日も前から米櫃《こめびつ》に一粒の米もない」

「うちだって同じだ。だがな、新八、この話はおかしい」

「小籐次、だれだってそう思ってるさ。だがな、怪しい話だろうとなんだろうと、一文の銭がほしいんだ。若様が持ってきた話だ。最後には若様が尻拭《しりぬぐ》いをしてくれるんじゃないかと思ってるのさ」

二人は大和横丁に入っていった。

「津之國屋が銭を払う払わないの話じゃない。なんぞ仕掛けが待ってるぜ。そうじゃなきゃ、前払いに四両も五両も払うものか。津之國屋の親父《おやじ》はもの凄《すご》いしみったれと聞いた」

「おれも承知だ。あいつのとこの食売だがな、昼餉《ひるげ》は客が朝餉に残した飯と菜というのは有名な話よ。無駄銭は一文だって惜しむと聞いたことがある」

「新八、そんな津之國屋が品川宿の嫌われ者のおれたちに一日に四両も五両も出そうっていう頼みごとが、そもそもおかしいんだよ。それだけ出せば腕のいい大人を雇うことができると思わないか」

「そりゃ、思うさ」

小篠次は腰に差した刀を抜いた。

「今さら抜けるのか、小篠次」

「そうじゃない。他人様の刀なんぞ差して戻ったら、ひどい折檻《せっかん》を受けるわ。そうでなくとも竹刀《しない》で殴られるのは覚悟して、おまえの誘いに乗ったんだ」

すまない、と詫《わ》びた新八が、

「小篠次、この一件、おれたちの命がかかった話か」

「そう考えたほうがいい」

「どうすりゃいい」

「若様の体面にも関わろう。差しあたってやるさ。その代わり給金は毎日精算してもらう」

「それはいいな」

「少しでも危ないと思ったら、おれが新八、おまえに合図する。そのときは黙っておれに従え。絶対に津之國屋の手から逃がしてやる」

「若様たちはどうなる」

「他人様のことに構っていたら、一つしかない命が失われるぜ。普通に考えればこの話はそんな胡散臭《うさんくさ》げなものよ」

「わ、分かった」

「じゃあな」

小籐次は新八と別れると、豊後森藩下屋敷の裏門に回った。厠に行くといっておよそ一刻が過ぎていた。

親父がかんかんに怒っていることは目に見えていた。なんとしてもそうっと屋敷に戻らねば。親父の伊蔵は酒に目がない。夕暮れ、品川宿の安酒場に行くのをただ一つの楽しみに生きている男だ。そして、酔い潰《つぶ》れてようよう屋敷に戻る、そうなればもはや小籐次のことなど覚えていない。

「小籐次、厩に参れ」

裏木戸の前に恐ろしい顔をした伊蔵が立っていた。

(万事休す)

半殺しの目に遭うのを小篠次は覚悟した。

二

小篠次は厩の梁《はり》からぶら下げられ、

「龍馬、もう少しこちらに尻を向けよ」

と自らが母馬の体内から取り上げた馬に向かって話しかけた。

馬は小篠次を見上げたが、なぜ虚空から声が降ってくるのか分からぬ風で、後ろ脚で羽目板をがたがたと蹴《け》った。

「よしよし、大人しくしておれ」

小篠次の体は伊蔵に竹刀で殴られた打擲であちらこちらが腫《は》れ上がり、痛みを持っていた。

龍馬の尻が小篠次の下にきた。裸足《はだし》の足先をそうっと馬の背に載せた。

「小篠次だぞ、怖くはなかろう。おれたちは生まれたときから一緒だからな」

と話しかけながら右足で龍馬の背になんとか力をかけた。

「よしよし、ちょっとの間だ。静かにしておれよ」

片足に力を入れて立つと、後ろ手に縛られた縄がわずかに緩んだ。小籐次は強張《こわば》った指先に集中して縄目を解《ほど》こうとした。だが、結び目は固くてなかなか解けない。そのうち、龍馬が動いて、また最初からやり直しだ。何度もやり直した後、ようやく緩んだ。

あと一息と思ったとき、龍馬がひょいと跳ねて、小籐次の体が虚空に浮き、その拍子に厩の藁《わら》の上にどさりと落ちた。

うっ
と息が止まるほどの激痛が走った。しばらく龍馬の下腹を眺め上げながらそのまま転がっていた。龍馬も小籐次と分かったか、じいっとしていた。体の痛みがだんだんと消えて、小籐次はよろよろと立ち上がった。

「親父め、加減をせんで叩きおったわ」

と呟く小籐次に龍馬が顔を寄せて舌で舐《な》めてくれた。

「おまえだけだぞ、味方はな」

さて刻限は、と考えた。

厩に差し込む光の具合から朝は近いと見た。急いで逃げ出さねば親父にまた見付かって縛り直される。

「龍馬、しばらく屋敷を留守に致す。世話は父上が一人でなさるでな、世話をかけるでないぞ」

小籐次は龍馬に挨拶《あいさつ》すると厩から外に出た。すると長屋の戸が引き開けられる音がした。屋敷で一番最初に起きるのは伊蔵だ。

「危なかったぞ」

小籐次はそう思いながら裏木戸に走り、表に走り出た。

そのとき、夏の光が差し込んできた。

小籐次はよろよろと旗本一柳家に向かった。今里村にある豊後森藩の下屋敷から、北品川宿と上下大崎村の入会地《いりあいち》、目黒川の傍《そば》にある一柳家までなんとか辿《たど》りついた。

ふうっ
と一つ息を吐くと、四千坪の広大な抱え屋敷の石垣の上に植えられた柊《ひいらぎ》の生け垣の穴を潜《くぐ》って敷地に入り込んだ。新八が無断で屋敷を抜け出るときに使う秘密の出入口だ。

代々御書院番頭《ごしょいんばんがしら》を務める一柳家は五千石だが、将軍の身を守る御近習衆《ごきんじゅ》として御役料が出るため、抱え屋敷を構えるほど内所《ないしょ》は豊かだった。だが、抱え屋敷の中で畑仕事など雑用を任された小者の給金は、赤目家より高かったが、一家がぴいぴいしているのは変わりない。子だくさんのせいだ。新八には弟妹が八人もいた。

一柳家の建物は敷地の南にあり、目黒川が畑地のあいだをゆるやかに蛇行して流れる風景が望めるように造られていた。

敷地の北側寄りに水が湧《わ》き出る池があって、池を満たした湧水は庭を流れて目黒川に流れ込んだ。

新八の長屋は池の北側に広がる畑の中にあった。長屋といっても新八の家族が住むだけでのんびりしていた。

小籐次が新八の長屋に辿りついたとき、新八の父親の権六が朝靄《あさもや》をついて母屋に向かうところだった。

こけこっこ

と鶏の鳴き声がして新八と妹のかよが鶏に餌《えさ》を与えていた。

「新八」

と呼ぶ小篠次の声に、新八とかよがきょろきょろ辺りを見回し、

「なんだ、その面は」

「小篠次さん、どうしたの」

と兄妹が驚きの声を上げた。

「昨日、抜け出したのを親父に咎《とが》められて折檻を受けた。一晩じゅう厩の梁に吊り下げられていたのを、なんとか逃げ出してきた。親父め、ひどく殴りやがった」

と小篠次は鶏小屋の傍らにへたり込んだ。

「なんてこった。かよ、家から親父の焼酎を盗んでこい。傷を洗う」

「分かった」

と十四歳のかよが鶏小屋から姿を消した。新八が腰に下げた手拭いを水で濡《ぬ》らして、

「小篠次、傷を見せろ」

と顔にこびりついた血を拭いとろうとした。

「痛いぞ、新八」

「痛いくらい我慢しろ。そうでなくともおまえの顔は幅が広いのだ。腫れ上がってまるで大南瓜《おおかぼちゃ》のお化け面だ」

と言いながらも新八は器用に乾いた血を拭いとった。

「あっ」

新八がなにかに気付いたように悲鳴を上げた。

「若様の仕事、どうするよ。若様はおまえが頼りなんだよ」

「仕事は今晩だ。それまで休めばなんとかなる」

「この傷でか」

「ああ、大丈夫だ」

と答えたところに、かよが両手に貧乏徳利と古手拭いや着替えを持ってきた。

「兄さ、小籐次さんは大丈夫かね」

「親父どのも加減して殴られたとみえ、骨は折れていないようだ。かよ、焼酎を貸せ」

と貧乏徳利を取り上げた新八は、かよが持参してきた古手拭いに焼酎を浸すと、血を洗い流した傷を消毒した。

「ぴりぴりと痛いぞ」

「泣き言を言うな。消毒せねば、この時節だ、傷口が膿《う》んでおまえの南瓜面があばたになるぞ。それでもよいか」

「おれは、そうでなくとも風采が上がらぬ面だ。これ以上、あばたを付け加えられてはかなわぬ」

「ならば我慢せえ」

新八が丹念に傷口を消毒して、かよが新八の古着を着せてくれた。子供の頃の着物だったが、それでも裾《すそ》を引きずった。かよは腰の辺りを何重にも折って帯を巻いてくれた。

夏の光がかあっと一柳家の鶏小屋を照らした。

「小篠次さん、生卵よ。飲んで精をつけて」

こんどはかよが割れ茶碗《ぢやわん》に卵を二つも割り入れて小篠次に差し出した。

「かよ、すまん。これで白飯があれば正月が来たようだ」

「贅沢《ぜいたく》は言わないものよ。うちじゃ、白飯の味なんてとんと覚えてないわ」

おれの屋敷もだと答えた小籐次は、生卵をゆっくりと飲み干した。生温《なまぬる》い生卵が喉をゆっくりと胃の腑におちていった。

「なんだか、元気が出てきた。これで夕刻まで休めれば大丈夫だ」

と応じた小籐次は、がさごそと鶏小屋の奥に這《は》いずっていった。そこには藁が積んである。

「かよ、今度の仕事で稼いだら、礼をする」

小籐次がかよに言った。

新八の妹だけにひょろりとした体付きだが、母親の器量を受け継いで愛らしい顔立ちをしていた。

「兄さも小籐次さんも、若様の口車なんかに乗って大丈夫なの」

「かよ、案ずるなって。一日一分の稼ぎだぞ。三日働けば三分、ちょっとしたものだろうが。だがな、親父にもおっ母さんにも内緒だぞ、かよ」

と新八が口止めした。

そんな兄妹の話し声を聞きながら、小籐次はことんと眠りに落ちた。

ぶううん
と蚊の飛ぶ音が耳に届いた。

薄眼を開くと、光が西に回って鶏小屋に差し込んでいた。

額に蚊が止まった、と思った瞬間、ばちりと白い手が小篠次の額を叩いた。

「いてえ」

「小篠次さん、ご免」

と言うかよの声がした。

「かよか」

「どう、加減は」

「お蔭《かげ》で元気が出た」

「握り飯を食べる」

「なにっ、握り飯があるのか」

藁の上に小篠次は起き上がった。その鼻先にかよが竹皮包みを差し出した。

「母屋の手伝いに行ったの。近々殿様が屋敷に見えるらしくて、それで江戸屋敷のご家来衆が仕度に来たので、お昼に握り飯がたくさん用意されたのよ」

「御番組頭ともなると食う物まで違うな。かよにまで握り飯が出たか」

「残ったから二つばかり貰ってきたの。小籐次さんが腹を空かしていると思って」

「おれのためにか。すまない」

渡された竹皮包みを解くと、小籐次は夢中で握り飯を食った。そして、もう一つを食いかけて、かよがじいっと見ているのに気付いた。

「かよ、おまえが食え」

「私は夕餉がある」

「夕餉は夕餉じゃぞ。食え」

小籐次は竹皮包みをかよの手に戻した。

「いいの、私が食べて」

「白い米の握り飯なんて何年も食うてはおらぬ。おれは馳走《ちそう》になった。これはかよの分だ」

と言うと小籐次は藁の上からよろよろと下りた。

「どうするの」

「喉が渇いた」

鶏小屋を這い出ると堆肥《たいひ》小屋に向かい、厩で使った藁や鶏の糞《ふん》が積まれた堆肥に長々と小便をした。そして、鶏小屋の前に置かれた水甕《みずがめ》に柄杓《ひしゃく》を突っ込み、たらふく水を飲んで一息ついた。

藁に戻るとかよが握り飯を食べ終え、指にこびりついた飯粒を舐めとっていた。

「美味《うま》かったな」

「白飯がいつだって食べられる日が来るといいけど」

「町の中じゃ、米屋が襲われて打毀しが繰り返されているというぞ。職人やお店《たな》は白い飯に不自由したことはないというが、どうも近頃ではそうでもないらしい」

小篠次は藁の上に戻り、かよの傍らに寝そべった。

「小篠次さん、若様の仕事って大丈夫なの」

「危ない橋を渡らないと稼ぎにならないのは確かだ。だがな、かよ。おれは怪しいと思っている」

「どこでなにをやるの」

「かよ、青物横丁の津之國屋を承知か」

「知っているけど」

かよの顔が歪《ゆが》んだ。

「どうした」

「あそこの手代が、私に食売になれって親父様に掛け合いに来たわ」

「いつのことだ」

「半年も前かな」

「権六様は断ったんだな」

「棒切れを振りかざして追い出したけど、その痩《や》せ我慢もいつまで保《も》つかな」

「それほどかよの家の内所は苦しいか」

「この界隈の屋敷奉公の中間小者で苦しくないところがあるかしら。小籐次さんのところはどうなの」

「一年の給金が三両、その半分は借上げだ。銭の面なんてまともに拝んだこともない」

「それで津之國屋の仕事に乗ったの」

「いや、そうじゃない。おれだけ抜けていい子になるのもな」

兄の新八が手を合わせて仲間を抜けないでくれと懇願したことは、妹のかよには告げなかった。

「ともかくだ、おれたちに津之國屋の金蔵の警護をさせるなんておかしな話だ。こいつには必ずや隠されたからくりがある」

「小篠次さん、命に関わることなの」

「かよ、考えてもみな。津之國屋の食売が客と寝ていくら貰えると思う。二百文も懐に入れれば御の字だ。それをおれたちに一人頭一分くれるという。若様が二、三両ほどピン撥《は》ねしているとして、なんのために四、五両もの小判をくれるんだ」

「おかしいわ」

とかよも言い切った。

「抜けられないの」

「この期《ご》に及んではな。だがな、かよ、どんなことがあっても新八とおれは抜け出してくる。そいつは新八に約してある」

「お願い、兄さはもううちの働き手なの」

「承知している」

かよがどさりと藁の上に身を投げた。そして、

「小籐次さん」

と呼んだ。

「どうした、かよ」

かよの手が小籐次の手を握り、胸に誘った。固くしまった乳房の盛り上がりが、薄い単衣《ひとえ》の布地を透《とお》して小籐次の掌《てのひら》に感じられた。

「かよ」

小籐次は胸から手を引き剝がそうとした。だが、意思に反して、掌はぎゅっとかよの小さな乳房を摑《つか》んでいた。

「痛いわ、小籐次さん」

「すまん」

小籐次は顔をかよの胸に寄せた。かよが襟元を引き開けた。すると左右不揃いな乳房が見えた。

「右のほうが少し大きいの」

「いい手触りだ、かよ」

小籐次の掌がかよの乳房をゆっくりと揉《も》みしだいた。小籐次の下腹部が急に熱くなった。

「かよ」

小籐次はかよの乳房に唇を寄せた。

ああっ
かよの口から密《ひそ》やかな声が洩《も》れた。

「いい、小籐次さん」

「おれもだ」

突然、鶏小屋の外に人の気配がした。

「かよはおるか」

「兄さだ」

かよが小籐次を突き飛ばすようにして起き上がり、襟元を掻き合わせた。

「小籐次はどうしておる」

「まだ眠っているわ」

かよの声に小籐次は眠ったふりをした。

「いつまで寝てやがる。刻限だぜ」

と言う新八の声がして、小籐次の手になにか固いものが触れた。

「なんだ、新八」

と目を覚ましたふりをする小籐次の手に、昨日預けた刀が握らされた。すると小籐次の下腹部のはりが急に引いていった。

三

目黒川沿いを小籐次と新八はひたひたと品川宿へと下っていった。

小籐次の腰間《ようかん》には保雅から借りた刀と籐巻の短刀があり、新八も道中差を帯に差し込んでいたが様にならなかった。

「おれたちが腰のものを抜き合わせることがあると思うか」

新八の声には不安が滲《にじ》んでいた。小者の倅だ、剣術はからきしだめだった。

「新八、それくらいのことは覚悟したほうがいい。だがな、おまえは道中差なんぞ抜くんじゃないぞ」

「どうすればいい」

「津之國屋の屋敷に鍬《くわ》の柄か、六尺棒くらいあろう。長いものを振り回していろ。そのほうが身を守り易い」

「そうか、そうする」

「それとも竹槍《たけやり》にするか」

小篠次は竹林を見て言った。

「竹槍か。仰々しくないか」

「おれたちは金蔵番だ。仰々しいくらいがちょうどいいのだ」

小篠次は竹藪に入ると手頃な竹を探した。竹を見る目は幼い頃から父親の伊蔵に叩き込まれていた。線維が固くつまり、すうっとした竹を探すと、保雅から借りた刀を一閃させた。幹上一尺で叩き斬った竹の径は一寸五、六分か。それを新八の背丈に合わせて七尺五寸程度の長さに斬った。

「よし、こいつを担いでいけ」

「槍先はどうする」

「向こうに行って最後の細工を施す」

新八に竹竿を担がせて、さらに数丁下ると、北品川の寺町に出た。そこで二人は左に折れて目黒川に架かる土橋を渡り、右岸に移った。居木橋村、南品川外れから入会地を抜けると妙国寺裏だ。

もう津之國屋の屋敷は近い。

「いいな、新八。おれたちが命を張るほど、若様にも津之國屋にも義理はない。おれが合図をしたときには素直に従え。さすればおれたちの命だけは助かる」

「頼む」

と新八が緊張の声で答えた。

「津之國屋の手代が、かよを食売にと買いに来たそうだな」

「喋《しゃべ》ったか、かよが」

「ああ」

「あいつが小籐次にな」

と唸った新八が、

「そうなんだよ、親父はかんかんに怒って叩き出したが、手代は屁とも思ってないぜ。また来るって言い残して帰っていきやがった」

「新八ちは、かよを身売りせねばならないほど内所は苦しいのか」

「苦しくねえとこがどこにあるよ、小篠次」

妙国寺裏の辻から門前町が青物横丁に抜けていた。

津之國屋が本拠を構える一角だ。

食売旅籠から金貸しまで、品川宿の商いを裏で牛耳《ぎゅうじ》ると評判の津之國屋だ。門前町の三俣の辻に、間口二十間はありそうな漆喰壁と長屋門が聳《そび》えるように建っていた。

門の両側には丸に金の紋入り提灯《ちょうちん》が掛けられて、人の出入りを見下ろしていた。津之國屋の主は、代々金蔵を名乗っているのだ。

二人は津之國屋の門を過ぎて池上通りに入っていった。右手に松右衛門が頭の品川溜を過ぎると、左手は江戸六地蔵の一つがある品川寺《ほんせん》、火除《ひよ》けの海雲寺、紅葉狩りの名所の海晏寺と寺の裏手の塀が続く。反対に右手は畑地になって急に人通りが少なくなった。

津之國屋が身上を集めたという百姓家は、海晏寺の塀の前、池上通りから杉の並木が続く森の中にひっそりとあった。

同じ長屋門でもこちらは傾きかけていた。だが、門番小屋には人が住めそうな感じがあった。それにしても鬱蒼とした森と竹林に囲まれているだけに、夏だというのに空気までもがひんやりとして陰気だった。

「だれだ」

と二人を誰何《すいか》する声が門番小屋から響いた。

仲間の筒井加助の声だ。

歩行《かち》品川の裏長屋に住む加助の親父は、酒を飲んでの喧嘩で旅の武芸者に斬り殺され、母親と弟妹三人で暮らしていた。

「加助か。おれだ、新八に小籐次だ」

「竹竿なんぞ持ってどうした」

いつもは加助の腰には脇差しかなかったが、今宵は親父の遺品と思える塗りの剝げた大刀があった。だが、普段差し慣れていないせいで重そうに差していた。

加助は小籐次と同じ十八歳だ。

「遅いじゃないか」

「もう全員揃っているのか」

「いや、寺侍がまだだ。中では若様が小籐次はまだかと待っておられるぜ。直ぐに顔出しせよ」

と加助が命じた。

「合点だ」

と新八が答えて、明かりもない長屋門から母屋に向かった。すると蚊遣《かや》りの煙がもくもくと、開け放たれた戸口から出ていた。

「遅くなりました」

と新八が敷居を跨《また》ぐと、

「新八、小籐次を連れてきたか」

と若様こと松平保雅の硬い声が響いた。

「若様、これに」

よし、と答えた保雅の声に安堵《あんど》が漂った。

広い土間に空樽が置かれて保雅が大将然として腰を下ろしていたが、その前に浪人剣客風の男と津之國屋の手代と思える男が立ち、田淵参造らは広土間の端に不安げに集まっていた。

「そなたの顔はなんだ」

と保雅が腫れ上がった小篠次の顔を驚きの眼で見た。

「なんでもございませぬ。なんぞ御用で」

「小篠次、津之國屋の手代がわれらの腕を見たいと言うてな。そなたを一番手にと待っておったところだ」

「参造らが雁首《がんくび》揃えてますな。おれを待たなくても、腕前を披露なされればよいものを」

「なんでも先鋒《せんぽう》は若い奴からと決まっておるわ」

保雅が知恵を働かせて答えた。参造らの腕は知れていた。それを知られるのを保雅は恐れていた。

幾多の修羅場を潜り抜けてきたと思える剣客は体付きも六尺近く、がっちりとしていた。余裕を見せるためか、口の端に黒文字を銜《くわ》えていた。

「やってくれるな」

小篠次は相手を見た。するとじろりと睨み返した剣客が、

「手代、それがしを虚仮《こけ》にしておるのか。青臭い餓鬼ども相手に、なにをせよと言

うのか」

「こやつらの腕前を試して下さいと願いましたぞ」

津之國屋の手代の返答はふてぶてしかった。片手を懐に突っ込んでいるところをみると、匕首《あいくち》でも呑んでいるのか。

「手代、そうではあるまい。おれの腕を値踏みしたくて、こやつどもを試せと命じているのであろうが」

「右治村さん、どっちでもようございますよ」

よし、と剣客が口から黒文字を吹き飛ばし、黒塗りの柄に手をかけ、鯉口を切った。

小籐次には手代の手前の虚仮威《おど》しと見えた。だが、

「えっ、真剣勝負か」

保雅が驚きの声を上げた。

「そなたら、津之國屋に遊びで雇われたか。われらは常に一剣に命を賭ける剣客商売だ」

どうする、という顔で保雅が小籐次を見た。

「致し方ない」

と答えた小籐次が、

「手代、刀勝負でどちらかが命を落とした場合、どうなる」

「死んだ者の亡骸《なきがら》を鈴ケ森の無縁墓地に放り込んで終わりですよ」

「勝負に勝ったほうには報奨もなしか」

「なにっ」

と手代が小籐次を見た。

「おまえ、本気で刀で渡り合うつもりか。勝つ気か」

「一つだけの命だ。そうそう捨てられるものか」

「小僧、おれに勝ったとせよ。おれの懐中に三両二分ばかり金子が入っている。それをそなたの勇気に免じて与えようか」

と右治村が苦笑いしながら応じた。

「よし」

「そなたはなにを賭けるな」

と右治村が真剣な声音《こわね》で訊いた。

「おれか。この身一つしかない」

「顔を殴られた傷痕だらけの体一つか」

「親父に殴られたのだ。抵抗もできまい」

「よかろう」

右治村がすいっと剣を抜いて、百姓家の広土間に緊張が走った。相手は本気だった。

小籐次は広土間を見回した。土間の上に、梁が何本も通っていたが、刀を振り回すくらいであたる高さにはなかった。

視線を右治村に向けた。

「そなた、流儀は」

「小僧、勝負の作法に則《のっと》るか」

応じた右治村はそれでも、

「田宮神剣流右治村松次郎」

と名乗り、一旦抜いた剣を鞘に戻した。

紀伊大納言頼宣の次男松平頼純が西条三万石に封を受けた寛文十年に、田宮流が西条に伝わり、その後、剣と居合を兼ね備えた田宮神剣流として一派をなした。

だが、小籐次は知る由もない。ただ、右治村の腕前がそれなりのものと判断し、命を賭けるしか生き延びる道はないと悟った。

小籐次は保雅に借り受けた剣を抜くと正眼に置いた。

「そなたの流儀を聞いておこうか」

「来島水軍流赤目小籐次」

「なにっ、来島水軍流が江戸に伝わっておったか」

驚きの声で応じた右治村は、西国の出だけに来島水軍流を承知していた。

右治村と小籐次は間合い一間余で対峙《たいじ》した。

広土間に寂として声もない。

時だけが流れて両者が仕掛ける気配が見えなかった。

表で足音がして、

「若様、光之丈がようやく参りましたぞ」

戸口から加助が飛び込んできてその場に立ち竦んだ。

右治村が動いたのはその瞬間だ。

すすすっ
と滑るように間合いを詰めると腰間の一剣を抜き打った。

同時に小籐次も正眼の剣をわずかに引き付けながら、その反動を利して右治村に向かって踏み込み、二尺七分の切っ先を喉元に伸ばした。

右治村の胴と小籐次の喉元への攻撃は束の間の差で交錯した。

「小籐次」

と新八が悲鳴を上げた。

二人の体は腕を伸ばし合ったまま凍《い》て付いたように微動だにしなかった。

戸口から風が吹き込み、蚊遣りの煙が不動の二人を包み込んだ。

ゆらり
と体が揺れて、どさりと土間に崩れ落ちたのは右治村松次郎だった。

刀を翳《かざ》した小籐次は、右治村の五体がぴくぴくと痙攣《けいれん》する様を黙って見詰めていた。

初めての真剣勝負、それも尋常な立ち合いだった。そして、小籐次は初めて人を殺《あや》めた。

ふうっ
と息を吐いたのは松平保雅だった。

「ほう、品川宿のちんぴら侍にも、こんな腕前の小僧がいたか」

津之國屋の手代はほざくと、右治村の懐から財布を抜き取り、ぽんぽんと中身を確かめるように掌の上で投げていたが、自分の懐に仕舞おうとした。

小篠次の切っ先がぐるりと回り、

「手代、右治村どのとの約定を聞いたであろう。そなたも右治村どのとともに三途《さんず》の川を渡る気か」

「ちょっちょっちょ、冗談はよしてくんな。今、そっちに渡そうとしたところだよ」

と手代が財布を投げると、

「松平の若様、いいですかえ。おまえ様方の仕事は暮れ六つから翌暮れ六つまで一日じゅうだ。ここを一歩も動いちゃいけねえ。奥の蔵を覗《のぞ》こうなんて魂胆も起こしちゃならねえ。いつ打毀しが襲来するか分からないからね。ようござんすね」

と命じた。

「手代、日当は毎夕六つ持参せよ。保雅様との約定、一文たりとも違えるな。もし持参せぬときは、おれは抜ける。よいな、手代」

手代の顔色が変わった。小篠次の腕前を見せつけられたばかりだ。顔を歪めて頷《うなず》いた。

「それから、右治村どのの亡骸を片付けて丁重に葬れ」

小篠次の言葉に手代が罵《のの》り声を上げた。

庭先で焚《た》き火が燃えていた。

小篠次は、焚き火の炎に先端を尖《とが》らせた竹槍の先をぐるぐると回しながら焼き固めた。傍らでは新八が作業を見ながら、

「小篠次、おまえの腕は本物だ。参造なんぞ、おまえがあいつを斬ったのを見てよ、ぶるぶる震えていたぜ」

と言った。

小篠次は最前から胸がむかむかして黙っていた。勝負の前は緊張して、相手を斃《たお》すことばかりを考えていた。が、勝敗が決した後、右治村の体が死の痙攣を繰り返

すのを見ているうちに後悔の念が湧き起こり、小篠次の胸に不快感を生じさせていた。

「真剣勝負に勝った気持ちはどうだ」

「新八、黙っておれ」

「どうしてじゃ」

「気分が悪いわ。木刀勝負で叩きのめすくらいに留《とど》めておけばよかった」

「最初から勝つ気だったか」

「そうではない。勝負の前は、死にたくない、相手を斃さねば殺される、とそればかりを思うておった」

「落ち着いておったぞ」

「刀を構え合えばもはや戦うだけだ」

「小篠次、これで参造なんぞにあれこれ言わせずにすむな」

小篠次は竹槍の先を遠火で焼いて、よし、と言った。

「新八、使ってみろ」

「竹槍なんぞ使ったことがない」

「道中差を抜いたことはあるというのか」

「それもない」

「ならば竹槍をこの場で使ってみろ」

小篠次が竹槍を渡すと、新八がへっぴり腰で構えた。ひょろりとした痩せっぽちの腰が落ちて、なんとも頼りない構えだった。

「突いてみろ」

小篠次の命にそれでも、えいっ！　と気合いを発して新八が虚空を突いた。

「それでは相手の皮も突き破れぬわ。貸してみろ」

新八の手から竹槍を取り戻した小篠次が、新八から離れて竹槍を立てた。

外の様子を気にしたか、市橋与之助らが庭に姿を見せ、松平の若様まで庭に出てきた。

小篠次が竹槍を構えた。

数拍、呼吸を整えていた小篠次の腰が沈み、手にしていた竹槍が前後左右に突き出され、手繰《たぐ》り込まれ、また突き出された。

目にも留まらぬとはこのことか。さらに片手に七尺余の竹槍を持って払い、薙《な》ぎ、叩き、突きと軽々と操ってみせた。

　竹槍の動きを止めた小籐次が再び立てて元の構えに戻した。

「来島水軍流竿差し」

　と小籐次の口から声が洩れると、息を潜めていた保雅らがふうっと息を吐いた。

「小籐次、そなた、槍もこなすか」

「若様、うちの先祖は西国筋の水軍じゃそうな。船戦《ふないくさ》になったとき、船にある道具ならなんでも得物《えもの》にして使う。竹竿を使うのも戦法の一つよ、これは武士の技ではないわ。水夫《かこ》の護身術じゃぞ」

「小籐次、新八ばかりに竹槍を持たせるのは勿体ないわ。われら大和小路若衆組に竿差しを教えよ。さすれば、刀を振り回すより打毀しを撃退できよう」

　保雅が小籐次に頼んだ。

「水夫の技はいわば雑兵の技。それでよいのか」

「刀をまともに扱えるのはおまえ一人。あとは虚仮威しに刀を差しておるだけだ。この際、長柄の竹槍が勝手はよかろう」

　松平保雅は妾腹とはいえ六万石の大名の三男、手下たちの技量をちゃんと見通していた。

「厩番のおれが竹槍の遣い方を教えてよいのか」

「小篠次、おまえの腕前を見せられてはなにも言えんわ。われらも自分の身くらい自分で守りたいからな」

傘張り浪人の倅、二十歳《はたち》の市橋与之助が皆を代表して言った。

小篠次は田淵参造がいないことに気付いたが、知らぬ振りをした。

「よし、善は急げだ。焚き火を持って竹藪に入り、竹を切り出すぞ。今晩じゅうに全員の竹槍を作っておけば明日から稽古ができよう」

保雅以下七人が小篠次の言葉に従い、百姓家裏手の竹藪に入っていった。

四

その夜、何事も起こらなかった。

小篠次は広土間で新八に手伝わせて竹槍造りに精を出した。保雅は総大将ゆえ竹槍を持たせるわけにはいかない。そこで今戻ってきた参造、小篠次を含めて七本の竹槍造りだ。夜半九つ近くまでかかった。

保雅らは酒をちびちび飲みながら馬鹿話をして時を過ごしていた。

「若様、屋敷を何日もあけて、用人なんぞが探し歩くことはございませんので」

「光之丈、おれは妾腹だぞ。麴町の屋敷のおっかねえ奥方がおれのことを毛嫌いしておるからな。下屋敷の家来どももおれにかまうことはないわ」

「兄二人が死ねば、若様が殿様になれるんだがな」

ただ一人の町人の吉次が言った。吉次の親父は、南品川宿の小さな旅籠の番頭をしていた。こちらは十九だ。

「吉次、そう都合よく世の中が通るものか」

「一服盛るというのはどうです」

と参造が言い出した。

「参造、おまえがしのけてくれるか」

「六万石の江戸屋敷なんて入ったこともないよ。門番に叩き出されるのが落ちだよ、若様」

「おれだって正月くらいしか屋敷の門を潜ったことがない。兄者二人がどこに住まいしておられるかさえ知らぬのだ。他人のおまえにできるものか」

「若様、この仕事、いつまで続く」

　と筒井加助が訊いた。

「なにか用があるのか」

「そうじゃない。小篠次が手代にきつく言ったから、明日の夕刻には一分が手に入る。日当がいくらほど貯まるかなと思ってさ」

「加助、北品川宿に馴染《なじ》みがいたな。あの女のところに走るつもりだろうが」

「参造、違う。此度の稼ぎはお袋に届けるつもりだ。命を張っての稼ぎだからな、無駄には使えない」

　と加助が言った。

「加助、津之國屋の番頭は、まず十日はたしかと言っておったぞ」

「十日ならば二両二分か」

　加助が陶然とした顔付きをした。

「だが、その前にひと悶着ありそうだ」

　と寺侍の土肥光之丈が呟いた。

「うちには赤目小籐次って強い剣術家がいるんだ。打毀しなんて烏合《うごう》の衆は竹槍で追い払ってくれよう」

と加助が小籐次を見た。

「加助、自分の身は自分で守れ。それになにかあるとしたら、打毀しなんかじゃない」

と小籐次が言い切った。

「小籐次、では何者がこのあばら家を襲いにくる」

保雅が、ようやく竹槍を造り終えた小籐次に問い返した。

「若様、そいつが分からない。われらの命を守るには相手を知ることもいる」

「どうせよと言うのだ」

「津之國屋の内情を探れぬか。われらの真の役目を知ることが先決であろう」

「小籐次、手代はこの家の蔵を覗いちゃならねえと厳しく言い置いていったほどだ。津之國屋の内情なんぞ探ってみろ。おれたちの首が飛ぶぞ」

と参造が喚いた。

「参造、おまえはこのあばら家を打毀しが襲うと思うか。あばら家を守っただけで一人頭一分の仕事がどこにある」

小籐次の詰問に参造が返答に窮した。

「小籐次、津之國屋の番頭はたしかにそう言ったぞ」

「若様、こいつにはわれらの知らないことが隠されている。われらの命に関わることだ」

「どうすればいい、小籐次」

「だから、隠されたわれらの役目を知ることが先決ですよ」

小籐次が言うと、歩行新宿の旅籠の番頭の倅を見た。

「おれに調べろってか」

小籐次は右治村から勝ちとった財布を懐から出すと、一分金二枚と一朱二枚を吉次に渡した。

「あれだけの大所帯だ。津之國屋に不満を持っている奉公人や、恨みを抱いている同業の者が一人二人はいよう。そいつにあたることだ。酒が好きな奴には酒を飲ませ、甘いものが好きな女は甘味屋に連れ込め、吉次」

「分かった」

と吉次が頷くと、

「明日の朝からでいいか、若様」

と大和小路若衆組の総大将に許しを願った。

「夕暮れまでには戻ってこいよ。頭数が揃ってないと、貰うものも貰えないからな」

「分かったぜ、若様」

小籐次はでき上がった竹槍を広土間に立て掛け、一本を新八に担がせた。

「小籐次、酒を飲むか」

保雅が小籐次に媚《こび》を売るように言った。腹心の参造より小籐次が頼りになると思ってのことだろう。

「われらは眠る。長屋門の番人小屋に泊まるゆえ、なんぞ異変があれば直ぐに対応できる」

小籐次と新八は表の厠に小便に向かった。厠の掛け行灯《あんどん》が灯《とも》っていた。小籐次がそれを外した。

「裏の蔵を確かめる」

「これからか」

　新八が不安そうな顔をした。

「危ないようなら近付かぬ。だが、蔵の秘密を確かめておかぬと、われらの行動に差し障りが生じよう」

　よし、と新八が武者振るいをした。

　二人はあばら家を回って裏手に出た。するとそこに一ノ蔵、二ノ蔵と土蔵が二棟並んでいた。

　小篠次と新八は、扉が閉じられた一ノ蔵の様子を耳を寄せて窺《うかが》ったが、人がいる気配はなかった。

「津之國屋の身上は何千両にもなるというぜ。それほどの財産を、見張りもいない蔵に隠していいのか」

「おれたちが見張りだよ、新八」

「だけど、蔵に近付いちゃならない見張りなんてあるか」

「だから、おれたちが確かめるんだよ」

　二人は一ノ蔵の周りを調べて回った。出入口は母屋に接したほうの一箇所だけだ。

小籐次はなんとなく背中がもぞもぞした。人の気配はないが、なにか体に感じるものがあった。

再び表に戻ってきた。一ノ蔵の扉は錆《さ》びついていて、何年も開けられていないようであった。錠前もしっかりと掛かっている。この扉から人の出入りはできないのだ。

小籐次は念の為に一ノ蔵の取っ手に手をかけてみた。だが、ぴくりとも動かない。二ノ蔵に移動して調べてみると錠前は掛かっていなくて、取っ手が動いた。

小籐次が取っ手を握って扉を開くと、普段から使われていると見えて扉が音もなく開いた。

「小籐次、大丈夫か」

「嫌なら表にいろ」

「行くよ」

新八が小柄な小籐次の背にぴったりと従った。

小籐次が手にした壁掛け行灯の明かりに二ノ蔵の内部が見られた。天上の梁から鉄鎖や太縄が下がり、壁には先のささくれた青竹や竹刀や木刀が立て掛けられ、風呂桶のような樽もあって水が張ってあるのが見えた。床は三和土《たたき》だ。

蔵全体に血の臭《にお》いが沁《し》み込んでいた。

「責め蔵だな」

「津之國屋の食売で妓楼から抜け出た女は、えらい折檻を受けるというぜ。ここがその拷問蔵じゃないか」

「そうかもしれぬ」

蔵の内部はおよそ四十畳か。奥の十五畳分の天上に中二階の床が見えた。

小篠次と新八は梯子《はしご》段を上がってみた。すると中二階の三方の壁に棚があり、異国の調度品と思われるものが仕舞われていた。

ギヤマンの壺、コップ、銘木、楽器らしきもの、更紗《さらさ》などの布地がきちんと整理されて大量に保管されていた。どれも使われた形跡はない。さらに異国の長持ちか大きな革製の箱がいくつも重ねられてあり、その傍らには船で使う麻縄や船具類があれこれと積まれていた。

「これが津之國屋の身上か」

「違うな。こいつは抜け荷じゃないか」

「抜け荷だって。津之國屋は密輸にも手を出しているのか」

と叫んだ新八が、

「そうだ、思い出したぜ。津之國屋は鉄砲洲の船問屋を借金のかたに押さえたとかなんとか、何年も前に噂にのぼらなかったか。船くらい持っていても不思議ではない」

「そんなことがあったかもしれない」

と応じた小籐次の目が小分けにされた布袋に留まった。

「なんだ、こいつは」

小籐次は一つの袋を手に持ったが、三百匁《もんめ》はありそうな重さがあり、触ると布の上からでも弾力が感じられた。

「中はかたいぞ」

「砂糖か」

新八が嬉しそうな顔をした。

江戸の末期でも砂糖は漢方薬が手掛ける貴重品だった。庶民の口に入るものではない。

「砂糖のかたまりではあるまい」

小篠次は小柄を抜くと布袋に刺した。切っ先が跳ねかえるほど弾性の感触があり、ぐいっと押しつけて切っ先を抜いた。すると切っ先に茶色の表皮が付き、その下には乳色の物質が付着してきた。

「なんだ、これは」

「分からぬ」

と小篠次が答えたとき、外に人の気配がした。小篠次は慌てて壁掛け行灯を吹き消した。

二人が息を潜めていると、数人の男たちが蔵の中に入ってきて行灯を灯した。

小篠次と新八は二階の床板の隙間《すきま》から下を覗いた。行灯の明かりになんとか様子が見えた。

三人の男たちが猿轡《さるぐつわ》をかませた娘を二人連れて蔵の奥に向かってきた。

娘らの顔立ちまでは見分けられなかったが、十五、六か。着ているものは町娘のそれではないように小篠次には思えた。

「小篠次」

と怯えた声を洩らす新八に喋るでない、と小籐次は小声で命じた。

階下の様子は見えなくなっていた。息を殺していると羽目板を叩くような気配がして、鉄鎖ががらがらと上下するような音がしたかと思うと、ふいに人の気配が消えた。

「ふうっ、助かった」

「新八、蔵の中に仕掛けがあるぞ」

「あの娘らは何者だ」

「着ているものから見て、在所から勾引《かどわ》かされてきたな」

「品川宿で働かされるのか」

「品川の食売に売られるのなら蔵に連れ込むこともあるまい。上方《かみがた》に売られるか、いや、ひょっとしたら異国に売り飛ばされる娘かもしれないぞ。津之國屋は、娘たちの代金にこの品を受け取っているのではないか」

「おれたちの仕事は打毀しの見張りなんかじゃないな」

「違うな」

と小籐次がきっぱりと言い切り、布袋を一つ新八に持たせた。

「どうする気だ」

少し考えさせろ、と言って小篠次は胡坐《あぐら》をかくと、腕組みして思案した。

「小篠次、先に逃げ出そうぜ」

「いや、まだだ」

小篠次は中二階を見回し、新八を船具類が積まれた隅に連れていった。

「おまえはこの船具の背後に隠れていろ。そのうちあいつらが戻ってこよう。あいつらの様子を確かめて蔵を抜け出しても遅くはあるまい」

「やばいぜ」

「若様が津之國屋の妙な仕事を請け負ったときから、おれたちは使い捨ての身だ。これ以上、危ないもないもんだ」

小篠次は竹槍を握った新八を船具類の背後に押し込め、その辺に積んであった麻布を新八の頭にかけて隠した。

「小篠次はどうする」

「おれは身が軽い。どんなことをしても奴らの眼なんぞに留まらないように動く」

と答えたとき、再び二人の足元でがらがらと鉄鎖がこすれる音がして、中二階にまで生暖かい風が吹き上げてきた。

「新八、おれが声をかけるまで、じっとしていよ」

と命じた小籐次は異国製の長持ちに這い上がり、さらに蔵の中の梁によじ登った。

「兄い、地下蔵は息苦しいぜ。早く外に出ようぜ」

と言う声に、

「大番頭に命じられたものを忘れちゃなるめえ」

中二階への梯子段を上ってくる足音が響いて、小籐次の下に二人の男が姿を現し、小籐次が小柄の先で突いた布袋を一つずつ抱えた。

「これ一つで何百両の儲けとは驚きだぜ」

「長治、てめえ、錠前を掛け忘れるんじゃねえぜ。開けっぱなしにしやがって驚いたぜ。あばら家にちんぴらが詰めているんだ。だれがどんな関心を持って入り込んでくるかもしれねえじゃないか。大番頭に知られたら、おまえは半殺しの目に遭うぜ」

「ちょっとの間だよ、兄い」

「しっかりと錠前を下ろしていけよ」

二人は再び梯子段を下りて蔵下で行灯を吹き消し、蔵の外に姿を消した。二人は長屋門に向かわず裏手の竹林に消えた様子だった。

小篠次はしばらく間をおき、真っ暗な梁から長持ちを足場にして中二階に下りた。

「小篠次、いるか」

と新八が泣きそうな声を上げた。

「おれが呼ぶまで声を出しちゃならないと命じたぜ」

「そんなこと言ったって、心臓《しんのぞう》が口から飛び出しそうだよ」

「真っ暗だから気をつけろ」

麻布を剥いだ小篠次が新八を船具類の後ろから引き出した。

「おれたち、蔵に閉じ込められたぜ」

「そんなことより、ちょいと待ってろ。明かりをどうにかしないと動きがつかない」

小篠次はその場に新八を残して梯子段を下りた。二人が行灯を吹き消した辺りに火打ち石があるのを見ていた。血の臭いが沁み込んだ三和土の壁を手探りで探すと火打ち石に触れた。火打ち石の金具と石をぶつけて種火をつくり、行灯の灯心に火を移した。

下屋敷務めの厩番だ。朝も明けきらぬうちから厩で働くので暗いところでの作業は慣れていた。

「よし」

と言った小籐次の目に、蔵の隅にひっそりと佇《たたず》む男の姿が目に入った。

「しまった」

三人目の存在を忘れていたと小籐次は思った。

「どうもおかしいと思ったぜ」

と懐手をして、頰に傷のある男が呟いた。

「小僧、どこから入り込んだ」

「土蔵の出口は一つじゃないのか」

ふっふっふ
と傷のある頰に笑いを浮かべた男が、

「度胸がいいな、小僧。おめえもあばら家のちんぴらか」

「われら、なんのために津之國屋に雇われたのかのう」

「それを探りに蔵の中に入り込んだか」

そんなところだ、と答える小篠次に男が歩み寄った。

「おまえらは津之國屋の捨て駒だ。いずれ、なんぞの曰《いわ》くを負わされて殺されることになる」

「そんなことだと思った」

「おめえ一人か」

と問う声に怯えた新八が体を動かしたか、中二階の床がぎいっと鳴った。

「ほう、仲間がいたか」

男は恐れる風はない。

「おまえは津之國屋のなんだ」

「おれの親分の一家がそっくり津之國屋に雇われているのよ。一宿一飯の恩義、義理を立てなきゃならねえのさ」

「つまらぬ義理なんぞ捨てて品川から出ないか。さすれば命は助けてやろう」

「小僧、この丹助《にすけ》と張り合う気か。顔が腫れるくらいじゃすまねえぜ」

「親父に折檻されたんだ。不器量面でも他人には触らせぬ」

ふーん
と鼻で笑った丹助が、懐から折り畳んだ鎌のようなものを出した。小型の鎖鎌だ。

「新八、竹槍を落とせ」

と小籐次は中二階の新八に命じた。

「小籐次、大事ないか。逃げられないか」

と言いながらも新八が竹槍を横にして小籐次に投げおろした。ふわり、と落ちてくる竹槍を見もせず気配で摑んだ。

「ほう、小僧。度胸だけではないな」

丹助は左手に分銅を持つとくるくる回し始めた。すると鎖が伸びて回転が段々と大きくなり、速さを増した。丹助の手が動いて、分銅が斜めに楕円を描いて小籐次の体へと伸びてきた。丹助が腕の中で鎖を伸び縮みさせているのだ。ために楕円の軌道を描いていた。

小籐次は手にしていた竹槍を体の前に立てた。

五尺に満たない体の前に七尺の竹槍が立てられたのだ。まず分銅を竹に絡める、と小籐次は考えていた。

「小僧、おめえの思いどおりにはいかねえ」

楕円を描いていた分銅が急に軌道を変え、小籐次が立てた竹槍を襲うと二つに砕いた。

小籐次の手に四尺余の割れ竹が残った。

さらに楕円軌道に戻った分銅が小籐次を襲った。

小籐次は手にした竹で分銅を叩いた。分銅を押し返したが、竹は再び砕けていた。残ったのは一尺数寸余の竹だ。

丹助がにたりと笑って分銅を再び楕円軌道に戻した。

小籐次はするすると間合いを詰めた。

分銅が伸びてきた。

小籐次が分銅を割れ竹で叩くと分銅が絡まった。ぐいっと引いておいて割れ竹を手放した。

その瞬間、小籐次は丹助に向かって走ると腰間の一剣を抜き上げ、分銅を引きもどす丹助の脇腹から胸部を斬り上げていた。

丹助は鎌で小籐次の攻撃を受け止めようとしたが、勢いが違った。

小籐次の刃を受けた丹助が土蔵の羽目板に吹っ飛んで三和土に転がった。

五

小籐次、と震え声が頭から降ってきた。

「新八、逃げるぜ」

「この仏、どうするよ」

「風入れの高窓から抜け出すんだ。骸《むくろ》を抱えて逃げられるものか」

「明日、大騒ぎになるぜ」

「それもそうだな。よし、新八、麻布があったな。そいつを持って下りてこい」

新八が何枚か麻布を抱えて梯子段を下りてきた。

小籐次と新八は麻布に丹助の体を包み、血が滴り落ちないようにした。

「足を持って梯子段を引き上げよ。おれが頭を抱える」

二人してまだ温かい丹助の体を抱えると梯子段を使い、中二階まで引き上げた。

「これからが大変だぞ」

麻縄を首にかけた小籐次が長持ちに上がり、風通しの穴の鉄扉を開いた。なんとか人ひとりが抜け出ることができそうだった。麻縄を垂らして新八が丹助の体を括《くく》り、二人で力を合わせてようやく長持ちの上まで引き上げた。

次いで新八が長持ちに上がり、二人して鉄扉からそろりそろりと蔵の外に丹助を引き下ろした。

小籐次が麻縄の端を梁に結びつけ、新八を先に行かせることにした。

「おれは後を片付けて直ぐに下りる」

「小籐次、仏と一緒におれ一人なんて嫌だぜ」

「泣き言言うな。縄を解いておれ」

小籐次は長持ちから飛び降りると梯子段を駆けおり、丹助の鎖鎌、折れた竹を回収し、行灯を元に戻すと吹き消した。

暗闇の中、勘だけで中二階に戻った小籐次は、手探りで長持ちを探してよじのぼり、結びつけた麻縄を解くと梁に一方の端を通して二重にした。

下に降りた小籐次が一方の端を引くと、するすると麻縄が引っ張られて抜け落ちる仕掛けだ。

小籐次は二重の麻縄の端を一旦引き上げ、刀と短刀、割れ竹、鎖鎌を括り付けてまず下ろした。そうしておいて麻縄に身を託して鉄扉の外に出た。鉄扉を外から閉じる。縄が梁にかかっているので完全に閉じられたわけではないが、当分気付かれなければよいことだ。

(よし)

と呟いた。

地表に下りて麻縄を回収する小籐次に新八が、

「この亡骸、どうするよ」

「竹林に担ぎ込む。どこぞに穴を掘って埋めよう」

「長い一日だぜ。小籐次は、今日だけで二人も殺《や》ったな」

と新八に言われて、小籐次は背筋にひやりとしたものが走った。人の命を初めて、二人も奪ったことになる。

「どんな気持ちだ」

「いいわけなかろう。おまえがおれを呼び出したせいだぞ」

「そう言うな。これも仕事だ」

新八の言葉に、小篠次は右治村から勝ちとった財布を懐から出すと、二両を新八に差し出した。

「なんだ、これ」

「口止め料だ。今晩、おれたちが見聞きしたことは若様らに話してはならぬ」

「どうして」

「若様はあの気性だ、仲間に話すに決まっている。参造の口は軽い。津之國屋に直ぐに伝わる」

「あとで知られたらやばくないか」

「知らぬ存ぜぬを押し通す。いいな、新八」

「わ、分かった」

「二両をあやつらに見付かるな」

小判って冷てえな、と言いながら新八は六尺褌《ふんどし》にたくし込んだ。

二人は最前竹を切った竹林に引きずり込むと、月明かりに古井戸を見付けた。

「新八、古井戸に投げ込んで隠そう」

蓋の板を外すとひんやりした空気が小籐次の顔に触れた。

「よし、落とすぞ」

麻布に包んだ仏を二人が抱え上げると、石積みの井戸の縁から落とした。穴は深いのか、しばらく間をおいてどさりという音が響いてきた。

小籐次は懐の鎖鎌や割れ竹を投げ込んで合掌した。すると新八も真似た。

「よし、長屋門に行こう」

二人は母屋を遠回りして、傾いた長屋門に戻った。最前加助がいた番人小屋を引き開けると、蚊がぶーんと襲来した。

「新八、蚊遣りはないか」

「まず行灯だ」

二人は手探りで明かりと蚊遣りをなんとか灯した。

三畳ほどの板の間で片隅に夜具があった。壁には梯子が立て掛けられ、物置部屋が板の間の上にあった。

小籐次は梯子を上ってみた。こちらは精々二畳ほどの板の間だが、がらんとしていた。格子窓が切り込まれており、小籐次が枠を揺さぶると外れた。

昔、奉公人が夜遊びに行くとき、この格子窓から出て、塀の上に移動して敷地の外に飛び降りた、そんな感じの外れ方だった。

「新八、この物置部屋に寝よう。いきなり襲われる心配はないからな」

新八が板の間に下りて夜具と蚊遣りを物置部屋に上げ、小籐次が梯子を引き上げた。

格子窓から風が入ってきた。

「これはいい」

小籐次は綿入れを腹にかけて板の間にごろりと横になった。

「小籐次、あの娘らはどこに消えた」

気持ちが落ち着いたか新八が訊いた。

「最前からそいつを考えている。あの二つの蔵は地下でつながっているのだ。娘らは錠前が下りた蔵に押し込められておろう」

「どうする、異国に売られるのだぞ」

「新八、おれになにをしろと言うのだ」

「見逃すのか」

「われらは津之國屋の雇われだぞ。娘を逃がしたら若様の仕事どころじゃないぞ。津之國屋に本気で殺されるぞ」

「小籐次、おれたちはどっちにしろ、なんぞ理由をつけて殺されるんじゃなかったか」

「まあ、そうだが、津之國屋相手になんぞ仕掛けられるか」

今日一日で小籐次はふてぶてしくなった自分に驚いていた。親父が厳しく叩き込んでくれた来島水軍流の技が通用すると分かったことが、小籐次に自信を与えていた。

「新八、今日の様子だと、事が起こるのに何日か余裕があろう。その間にこっちの腹積もりを定めようか」

「こいつも若様に内緒か」

「言ってみろ。たちまち津之國屋にご注進する奴《やっとう》がいる」

「参造だな。あいつ、おまえの剣術の腕を見せられて、びっくりしていたもんな。若様とて腹心を参造からおまえに替えたいような顔付きだったぜ」

「新八、おれたち二人は大和小路若衆組の一員じゃねえ。おれとおまえだけの組だ。

互いが肚を割るのはおまえとおれだけだ。助かりたいと思えば、このことを頭に叩き込んでおくことだ」

「一日一分の約定の日当はどうなる」

「明日の夕刻になればそれも分かる」

「津之國屋が払わなかったら二人だけで逃げ出すか」

「津之國屋のことだぜ。おれたちの屋敷まで追っかけてきてけじめをつける」

「けじめたあ、なんだ」

「始末する。おれたちが殺されるってことよ」

小篠次は欠伸《あくび》交じりに応じると、

「おれは寝る」

と綿入れを腹に掛け直した。

「津之國屋は品川宿じゅうに網を張ってやがるぜ。おれたち二人でどうするよ」

新八の声に泣きが入っていた。

「どうもこうも新八、おまえがおれを仲間に引き入れた話だ」

「若様に呼んでこいと命じられただけだよ」

「果報は寝て待てというから、眠ればいい知恵も浮かぼう」

小籐次、おまえって奴は、と力なく呟いた新八がごろりと寝て、

「足が壁につっかえた。おまえは小さくていいな」

と言う声を半分聞きながら、小籐次は眠りの世界に落ちていった。


「いないぜ、あいつら」

参造の声に小籐次は目を覚ました。

中二階の物置部屋から下を覗くといつの間にか朝になり、番人小屋の狭い土間に田淵参造と筒井加助の姿があった。

「仕事に恐れをなして逃げやがったな」

「参造、肝っ玉の大きな小籐次のことだぜ。逃げるとも思えない」

「加助、昨日までおれのことを参造さんとか、参造どのとか呼んでいたな」

「おれたち仲間だからな。さん付けはおかしかろう」

「おまえ、小籐次の腕を見せられたからって、急に態度を変えやがったな」

「参造、態度を変えたのはおれではない。若様だよ」

「くそっ！　小篠次め。新八を誘って逃げやがったぜ。あいつの正体を見たろ。そんな奴だよ」

「津之國屋の連中になんて言うんだ。だれかいなくなったって血相を変えているんだぜ」

「小篠次と新八に罪をおっかぶせるさ。津之國屋の連中があいつらの始末をつけてくれる」

「仲間甲斐がないな、参造は」

「加助、あいつらのお蔭でおれたちが折檻受けるんじゃ、間尺《ましやく》に合わない」

小篠次は未だ眠り込む新八を揺り起こすと梯子を下ろした。

「いたいた、小篠次がいたぞ」

加助が嬉しそうに上を見上げた。

「参造、随分なことを言ってくれたな」

小篠次は父親に殴られた腫れの痕を手で触って確かめた。まだ熱を持っている。冷やしたほうがいいな、と小篠次は考えた。

「小篠次、それどころじゃないぞ。津之國屋の連中がさ、仲間がいなくなったとか言って、母屋に探しに押し掛けているんだよ。おまえら、知らないか」

参造が言うところに新八が梯子を下りてきた。

「おれたち、ぐっすりだもの。なにも知らないよ、参造」

「おまえも、さん付けを止めやがったか」

「仲間内でさんだの、どのだの付けていいのは若様だけだよ。なあ、加助」

「おう、そうだ」

参造が舌打ちして、若様がお待ちだよ、と番人小屋の土間から出た。

小籐次が表に出るとあばら家は朝靄に見え隠れしていた。

「どこか、井戸はないか。親父が殴った痕が熱を持っているんだ」

小籐次が言うと、母屋の裏手にあったぜ、と加助が答えた。

「参造、先に行ってろ。おれと新八は顔を洗っていく」

「逃げるんじゃねえぜ」

「逃げるならば昨夜のうちに逃げ出しているさ。おれたち、日当も貰ってないもんな」

「小籐次、毎晩なにもないと楽して稼げるがな」

加助が能天気に笑った。

「直ぐに行くと若様に伝えろ」

小篠次と新八は外の厠で交替に小便をし、裏手に回って井戸を探した。釣瓶《つるべ》で水を汲《く》み、手桶に注ぐと、小篠次は手拭いを濡らして絞り、殴られた痕にあてた。

「気持ちがいいや」

「小篠次、昨夜の一件だぜ」

新八が言いながら土蔵を見た。

朝靄に包まれた土蔵はひっそりとしていた。風が戦《そよ》いで靄が流れると、だれが植えたか、朝顔が土蔵に張り付いて花を咲かせていた。

「知らぬ存ぜぬ、おれたちは長屋門の脇の番人小屋で眠っていた。それだけを頭に叩き込んでおくんだ、新八」

「分かっているって。おれたち眠っていて、娘が土蔵に連れ込まれたところなんて見てないもんな」

「新八、その言葉が余計だ」

「ああ、おれたちはただ寝ていたんだ」

手拭いで殴られた痕を冷やしたので幾分頭がすっきりとした。

「待ってるぜ」

新八の言葉に、小籐次は手桶の水を朝顔の根元に撒《ま》いた。

広土間に怒りの声が響いていた。

「丹助って男は腕が利いたんですよ。それがこの敷地で忽然と消えた。あんたら、酒を飲んでいたんですか。それで日当を貰おうという心積もりですか。若様だかなんだか知らないが、少し虫がよすぎはしませんか」

でっぷりと太った体に絽《ろ》の夏小袖と羽織を着た男だ。

松平保雅を相手に扇子を振り回して怒るのは、津之國屋の大番頭琢蔵《たくぞう》だ。

供は渡世人と思える四、五人と、顔を見知った手代だった。どの者も面構えが尋常ではなく、血の臭いさえした。

「われらの務めは打毀しが襲来したときに追い返す、そういう約定でこのあばら家にいるのだ。土蔵に近付くなとも言われている。そんなわれらに、そなたらの関わりの男がいなくなったからといって、尻拭いを持ってこられても困る」

「もう少し利発なお方かと思いましたがな」

と扇子をばたばたさせた大番頭が、不意に戸口に立った小籐次と新八をじろりと見た。

「おお、小籐次か。津之國屋の大番頭どのが怒っておられる。そなたら、丹助と申す男を知らぬか」

　ほっと安堵の顔で若様が小籐次に言った。

「われら、長屋門の番人小屋で眠り込み、加助に起こされるまで白河夜船にございましてな、なんのことやら知り申さぬ。夜中に長屋門を出入りした者はおらぬと思うがな」

「この小僧侍が用心棒志願の者を叩き斬ったという凄腕ですか、手代さん」

　琢蔵が、右治村　某《なにがし》を連れてきた手代に訊いた。

「大番頭様。こやつ、見かけによらず腕は一人前以上でございますよ」

「直吉、この者、うちに引き取って用心棒の一人に加えますか」

「それはよいお考えかと存じます」

　小籐次を前に大番頭と手代は勝手な話をした。

「そなた、名は」

と大番頭が訊いた。

「赤目小籐次」

「赤目ね。今日から津之國屋の本店に雇ってあげます。若様なんて餓鬼の遊びに加わっていても、美味《おい》しい酒にはありつけませんぞ」

と大番頭が傲慢な表情の顔で言い放った。

「断る」

「なにっ、断るですと。津之國屋の琢蔵の思し召《おぼめ》しを聞けぬとな」

「聞けぬな。おれは仲間の誘いゆえこの怪しげな話に乗ったのだ。用心棒などまっぴらご免だ」

「腹っぺらしの餓鬼が、津之國屋の大番頭さんになんということをぬかしやがる」

丹助の仲間の一人が長脇差の柄に手をかけて小籐次に迫った。

「死にたいか」

小籐次がじろりと睨んだ。

昨日、小籐次は二つの戦いを経験し、生き抜いていた。二人の命を奪った事実が小籐次の相貌を変え、凄みが加わっていた。

「小僧、津之國屋の大番頭様は、この界隈の大名屋敷なんぞ屁とも思われてないんだよ」

「使い走りの出る幕ではない」

小篠次は一喝し、大番頭の顔を見た。

「ふてぶてしい面構えですな。おまえさん、昨夜、番人小屋で寝ていたと言ったが、確かですか」

「二度とは言わぬ」

琢蔵の視線が新八に向けられた。

「ひょうろく玉、なんぞ見ておらぬか」

「小篠次とともにぐっすりと眠っていた」

新八も答えていた。その表情を琢蔵が穴の開くように睨んでいたが、

「いいでしょう」

と引き下がる気配を見せた。

「大番頭どの、われらの仕事はこれまでどおりでよいな」

保雅が念を押した。

「直吉、この役立たずらをどうしたものかね」

と思案の体《てい》の大番頭が、

「いいでしょう。当分、この家に居候させてあげます」

と言った。

「大番頭、約定の日当を貰えるのであろうな。そうでなければ務める意味がないでな」

小籐次が言い放った。

「仕事が終わったとき、きちんと始末をつけてあげますよ」

「いや、一日一日精算の約定が手代とできておる。昨日から今夕までの一日分の日当を持参せよ」

「この小僧さん、口の利き方を知らぬとみえる」

大番頭が貫禄を見せて言い放ったとき、長脇差の柄に手を掛けていたちんぴらがいきなり抜き打ちで小籐次に斬りかかった。

その気配を察した小籐次の動きはさらに敏捷を極めた。小柄の背を丸めて相手の内懐に潜り込むと、股間をしたたかに蹴り上げていた。

ぎゃあっ

と叫んだ相手がその場に悶絶した。

「やりやがったな」

仲間が小籐次を囲んだ。

小籐次が睨み返した。

「およしなさい。小僧さんの勇気に免じて今日は見逃します」

琢蔵は言い捨てると、さっさとあばら家から出ていった。

第二章　池上道大さわぎ

一

小籐次は青竹を構えて、突き、払い、薙ぎ、殴るかたちを見せた。

五尺に満たない小籐次の体のどこに機敏さと力が秘められているのか、七尺余の青竹がまるで生き物のように躍り、反転し、飛び上がり、地を這った。

「来島水軍流は波間に浮かぶ船の上で使われる武術ゆえ、腰がふらついてはこの青竹に力が伝わらぬ。よいな、腰を沈め気味にして、五体をしっかりと保つことがなにより大事だぞ」

と参造ら竹槍を構えた面々に言った。

空樽に腰を下ろして竹槍の稽古を眺めるのは総大将の松平保雅だ。

「参造、武術指南の小籐次の申すこと、よう聞かぬか」

「若様、腹が減っては戦もできませんよ」

参造が泣きごとを言った。

「三度三度の飯のことまで手代はなにも言わなかった。どうしたものかな」

と保雅が小籐次を見た。

吉次は品川宿に探索に出ており、あばら家には保雅以下七人が残っていた。退屈と空腹を紛らわすために小籐次の提案で竹槍の稽古を始めてみたが、参造の泣きごとで稽古が中断した。

「鍋釜はあっても、食いものはなにもないぞ」

寺侍の光之丈が竹槍に縋《すが》る体で言った。

「米味噌を買おうにも、夕刻まで日当は届かぬ」

六万石の若様が困惑の体で続けた。小籐次の懐をあてにしているのは歴然としていた。

「若様、日当ですが、届けられましょうか」

と加助が不安げな顔で訊いた。

「小籐次があれほど念を押したでな、届けてこよう」

と答えた若様の返答も自信なげで、

「どうしたものか、小籐次」

と矛先を小籐次に向けた。

「夕刻まで待つ。それしか手はない」

小籐次は懐から財布を抜くと、

「新八、加助、これで米味噌を買ってこい」

と一分と八朱を新八に渡した。もはや小籐次の懐には二分とない。人ひとりを斃した代償がどんどん消えていく。

「よし」

と竹槍を投げ出した新八と加助が庭から長屋門へと走っていった。

「稽古は止めだ」

と参造が竹槍を投げ出した。仲間らもその気を失《う》せさせていた。

「若様、この屋敷に打毀しなど来るとは思いませんぞ」

「このあばら家に津之國屋の身代が隠されているなんて考えられぬな、参造」

「とすると、われらの役目はなんですね」

「それが分からぬ」

　と匙《さじ》を投げた保雅が小籐次を見た。

「津之國屋がわれらをなんぞに利用しようとしているのはたしか」

「利用するとはなんだ」

「口約束であれ、日に何両も金子を出すのだ。われらの命かのう」

「なにっ！　命を取られるだと、それは困る」

　寺侍の光之丈が叫んだ。

「飼い殺しにして何両も出す馬鹿がどこにいる。われらを利用するとしたら、津之國屋の罪咎を負わされて品川の海に投げ込まれるくらいは覚悟していたほうがいい」

「小籐次、いい加減なことを言うな。津之國屋の罪咎とはなんだ」

「それは未だ分からぬ」

「ほれ、みろ。口から出任せではないか。若様の見付けてこられた仕事にいちゃもんを付けるでない」

「参造。吉次が戻ってくればいくらか事情が分かろう」

小籐次は参造の非難をあっさりと躱《かわ》した。

「小籐次、この仕事、われらの命がかかっておるのか」

保雅が念を押した。初めて自分たちの負わされた境遇に思いをなしたという風情だった。

「そう考えたほうがようござる。なにもしない人間にだれが一日数両なんて金を払うものか」

「小籐次、普通、殺される人間には銭など払わぬぞ」

と市橋与之助が口を挟んだ。

「すると今夕手代が銭を持ってこぬときは、津之國屋の罪を負わされてわれらは殺されるか。おれはまだ死にたくはない」

光之丈が今にも泣きそうな顔で言った。

「光之丈、小籐次の口車に乗る馬鹿がどこにおる」

参造が抵抗した。

「いや、一日一分なんて条件がよすぎる。打毀しなんぞ来そうにないし、おれたちはなにかに利用されるんだ」

「ならば、今夕手代が姿を見せぬときは逃げ出すまでだ」

「秘密を知った人間を津之國屋が逃がすと思うか」

小篠次の反問に参造が口を噤《つぐ》んだ。

「小篠次、手代が来ぬとき、どうすればいい」

「若様、手代が金子を持参したときのほうがさらに危ない。われらを油断させ、このあばら家に繫《つな》ぎとめるためだからな」

「逃げもできず、われらはこのあばら家で死を待つか。おれは屋敷に戻りとうなった」

「若様、そりゃないぜ。おれなんぞ裏長屋で、押し掛けられたら抗う家来など一人もおらぬからな。傘張り職人の親父ではどうにもならぬ」

市橋与之助が泣きごとを言った。

「小篠次、なんぞ知恵はないか」

「若様、夕方までじいっと辛抱することだ。吉次がなんぞ探り出してくるのを待つ。さらに津之國屋の出方を見る」

「そなた、平然としておるな」

「騒いでも状況が変わるわけではないからな」

「なにか気を紛らわすことはないか」

「新八と加助が米味噌を買ってくる。参造、竈《かまど》の仕度をしておけ」

「小籐次、おれに命令するな。竈などどうやれば火がつくか触ったこともない。厩番のおまえがやれ。似合いだ」

「おれは金子を出した。これから、味噌汁の具になるものをなんぞ畑から探してくる」

「参造、おれが手伝う」

与之助が参造の手助けを申し出た。

「ならばおれは薪を割る」

と光之丈が言い、五人がそれぞれ役目に分かれた。

小籐次は筵《むしろ》を一枚持つと、あばら家の敷地の南側に向かった。そちらに大根畑があるのを見ていたからだ。すると後ろからばたばたと足音がして、保雅があとを追ってきた。

「小籐次、おれも手伝う」

「屋敷育ちの若様は畑なんぞ知るまい」

「そなたと同じ下屋敷育ちだぞ。品川外れは畑ばかりだが、どこになにがあるかくらい分かる」

「それもそうだ」

小籐次と保雅は雑木林を抜けた。するとその南側に大根と葱《ねぎ》畑が広がっていた。

「若様、絹物では人目につく。この幹元に座っててくれ。おれが盗んでくる」

「そうか、手伝いたいのだがな」

「痩せても枯れても六万石の大名家の三男坊には違いがござらぬ。その若様が大根を盗んだと知れでもしたら、松野藩の恥だからな」

「そうか、そうだな」

鷹揚に返答をした保雅がその場に座った。小籐次より一つだけだが年上だ。妾腹にしても育ちがいいせいか、幼く見える。

小籐次は手拭いを出すと頬被りをして刀を抜き、保雅の傍らに残した。畑の左右を見回したが、百姓衆がいる気配はない。

小籐次はそれでも地べたを這ってまず大根畑に忍び寄り、春大根を抜いた。葉は青々としていたが、大根はまだ細い。だが、三、四本抜けばなんとか味噌汁の具くらいにはなりそうだ。

「いささか細いが、致し方ございますまい」

小篠次は大根を下げて葱畑に移動した。保雅が小篠次の大小を抱えて従ってきた。

「小篠次、だれにも言うなよ。おれの母上の家は大崎村の貧乏百姓でな。母が父上と深い仲になったゆえ、手切れ金が支払われた。その手切れ金で畑と屋敷を購《あがの》うたらしく、母とおれは初めて一緒に、母の買い求めた実家を訪ねたことがある。おれの屋敷育ちは七つからでな、それ以前は母者の実家の納屋育ちよ」

「母御は未だ大崎村におられるので」

「いや、おれが五つのとき、どこぞの後添いに入られた」

「若様は母御の顔を覚えているのか」

「覚えている。無性に会いたくなることがある。だがな、探し当てたところで母者が迷惑するだけのこと、我慢している」

「若様、偉いな」

「偉いか」

「見直した」

「小籐次の母者はどうしておる」

「おれは母の顔を知らぬ。おれが物心つく前に死んだでな」

保雅がはっとした顔をした。

「気にするな。母がおらぬことには慣れている」

「自分のことばかりを考えておった」

と保雅が謝った。

小籐次は葱畑から五本ほど頂戴して保雅のもとに戻った。

「これで味噌汁の具はできた」

「小籐次、おれは母上に無性に会いたいときがある」

「若様、母御が嫁がれた先を承知じゃな」

保雅が顔を小籐次に向けた。

「どうして知っておる」

「おれの母者が生きてその立場ならば、必死で探す」

そうか、と保雅が言葉を切った。

「どうした」

「おれが母上に会いに行くとき、小籐次が従うてはくれぬか。一人で会いに行く勇気がない」

「承知した」

「なにっ、承知してくれるか」

「そのためにはこの危難を切り抜けねばならぬ。若様や参造が考えている以上に、この仕事は厄介じゃぞ」

「おまえ、なんぞ承知か。まさか、丹助と申すやくざ者と会ったのではあるまいな」

「致し方なく立ち合い、殺した」

「なにっ、殺したとな。骸の始末はしたか」

「それは心配ない」

「事情を話せ、小籐次」

「参造らに話さぬと誓うか」

「誓う。おれも武士の端くれぞ、約定は守る」

頷いた小篠次は昨夜の土蔵潜入を告げた。

「なんと、津之國屋は抜け荷に手を染め、娘らを異国に売り飛ばそうとしておるか」

「確証はない。だが土蔵の中の品はそのことを示している」

「どうする、小篠次」

「異人の船が入るまでどれほどの日にちがあるか。なんとのう数日は余裕があるような気がする」

「われらはそのとき、どうなる」

「そこが今一つ分からぬ。異国の船に騙《だま》されて乗せられるか、あるいは津之國屋の身代わりに殺されるか。ともかく吉次がなんぞ探り出してくるやもしれぬ。それを待つまでだ」

「そのようなのんびりしたことでよいのか」

「腹が減っては戦もできませぬよ。まずは、これで美味しい味噌汁を作って進ぜるでな」

年上の保雅に小篠次は優しく言いかけると刀を腰に戻し、筵に包んで葱と大根を抱え上げた。

あばら家に戻るとすでに新八と加助が戻って米を研いでいた。

「若様、小籐次、鰯《いわし》のいいのが浜に上がっていたぞ。そいつを菜に買ってきた。塩を振ったから焼き魚にしよう」

と笑いかけた。

竹笊に銀青色に輝く鰯があった。その数二十匹ほどか。

「一人あて三匹は食えるぞ。小籐次、飯も存分にある」

と新八が威張った。

「米五升と鰯と味噌なんぞで、一分と百五十文ばかりかかったわ。米が一升二百文に値上がりしておる」

と新八が裏長屋のおかみさんのようにぼやいた。

「味噌汁の具はほれ、これでどうだ」

と小籐次が葱と大根を筵から出して見せた。

「大根はいささか細いが具にはなろう」

「十分じゃぞ。おれが洗う」

新八が小籐次から野菜を取り上げ、加助と一緒に泥を洗い落とす様子を見せた。

「おれも手伝おう」

「小籐次、おまえは金子を出した上に味噌汁の具まで調達してきた。洗い方はわれらが行なう。貧乏育ちは食い意地が張っておるからな、食うとなると体が勝手に働きおるわ」

と加助が笑った。

若様を中心に過ごすことがなんとなく嬉しくてしようがないという顔を、新八も加助もしていた。

米を研ぎ、野菜を洗い、塩を振った鰯をそれぞれが抱えてあばら家の土間に入った。すると与之助が火吹き竹を吹いて竈に火を熾《おこ》していた。

参造は板の間に不貞寝《ふてね》をしていた。保雅の腹心格を小籐次に奪われておもしろくないのだ。

「小籐次、火はついた。釜をかせ。おれが飯を炊こう」

与之助が新八の手から釜を受け取った。

「与之助、飯を炊いたことがあるのか」

「新八、貧乏浪人の倅だ。なんでもやらされるわ。もっとも、白米などこのところ食っておらぬで、炊き方を忘れたやも知れぬ」

「初めちょろちょろ中ぱっぱ赤子泣くとも蓋とるな」

「新八、その呪文はなんだ」

「若様、知らないのか。こいつは飯の炊き方のこつだ。最初は火を小さくしてな、中ほどは勢いよく炊き、最後は弱火にして決して蓋をとってはならぬという教えだ」

「ほう、そのような格言があるのか。屋敷の飯炊きに教えようか」

「飯炊きは本職ですよ。そのようなことは百も承知だよ、若様」

と竈下の火を調整しながら与之助が笑った。

「さようか。飯炊きは存じておるか」

小籐次はあばら家の台所で見つけた包丁を、これも土間に転がっていた砥石《といし》で手早く研ぎ上げた。

「そなた、研ぎも致すか」

「親父は剣術の他に、なにがあっても食えるようにと、研ぎの技をおれに叩き込んだ。砥石さえ揃っていれば、若様の腰の刀くらい研ぐことができる」

「ほう、なかなかの芸達者じゃな」

「芸といえるかどうか、食うための手段だからな。もはや武士では食えまい」

「なに、武士では食えぬか」

「若様、信州松野藩の内所は知らぬ。だが、大大名からうちのような小名まで、年貢米をかたに商人に借金をし、首根っこをぎゅっと押さえられてござる。商人が顔を横に振るだけで、腹をかっ捌《さば》かねばならぬ用人、留守居役ばかりじゃぞ」

「うちもそうか」

「よしんば若様が六万石の殿様になっても、一生借金の悩みに付きまとわれるぜ」

と新八が笑った。

「それがしが兄者を押しのけて殿になる気遣いはないが、世間とはそんなものか」

「津之國屋のような悪が一番銭を溜め込んでいるんだよ」

と新八が言ったとき、不貞寝していた参造が起き上がると、

「若様にあらぬことを吹き込むと承知しないぞ！」

と怒鳴った。

「参造、どうしたことじゃ」

保雅が参造を見た。

「こいつらに騙されているんだよ！」

と叫んだ参造は刀を摑むと板の間から土間に飛び降り、草履を突っかけると外に飛び出していった。

「参造はどうしたのだ」

「若様、案じることはない。小籐次を妬《ねた》んでいるだけですよ。そのうち戻ってくるって。腹を減らした上に行くところがないんだからね」

と与之助が竈の前から言った。

小籐次は小さな騒ぎを横目に、葱と大根を研ぎ上げた包丁で切っていた。

二

吉次が七つ時分に戻ってきた。

「なにか分かったか」

市橋与之助が訊いた。

「吉次、腹は減ってないか」

と小篠次がそのことを案じた。

「小篠次さん、津之國屋のやっている曖昧《あいまい》宿の男衆と蕎麦屋に入って、相手に酒を五合ばかり飲ませたんだ。おれはそんときよ、蕎麦を食ったから大丈夫だ。だけど、小篠次さんから預かった銭をだいぶ使ったぜ。磯吉の野郎、二分ださないと喋らないと脅しやがんだ」

「足りたならそれでよい。話は聞けたか」

「若様、こいつはやばいぜ」

「どうやばいか話せ、吉次」

「津之國屋は数年前から琉球口で異国の品を買い、江戸で売り払って利を稼いできたそうな。ところが、一年も前から大商いで買い求めた荷を積んだ船が、二艘とも嵐に巻き込まれて行方を絶った。でよ、何千両もの損を出したそうだ。津之國屋の金蔵は、その損を一気に取り戻すためにしびれ薬に手を染めたのだと」

「しびれ薬、なんのことだ」

若様が吉次に尋ねた。

「しびれ薬はしびれ薬だよ」

と吉次は磯吉の言葉どおりに繰り返した。

「若様、阿片《あへん》のことだ」

「阿片じゃと。阿片でなにを致すのか」

「唐人の国にはしびれ薬の館があってよ、高いお金でしびれ薬を吸わせるのだと。なんとも気持ちがいいそうだぜ」

吉次が磯吉の受け売りを告げた。

「阿片をいったん吸うと、止められなくなって直ぐにも吸いたくなる。一旦阿片中毒になると、その者はどんなことをしても金を融通して阿片を吸いに来るそうな。そして、遂には廃人になる」

「小籐次、詳しいな」

「うちの先祖は豊後の水軍くずれ。あの界隈では異国から抜け荷で流れ込んでくるそうな。下屋敷で竹細工の内職をしながら用人どのがあれこれと国許の話をするので、耳に残っておった」

「津之國屋は阿片窟を作るつもりか」

「このあばら家を阿片窟にする考えのようだ」

「となると、われらの仕事は打毀しの連中の手からあばら家を守るのではなく、阿片窟の用心棒か」

寺侍の土肥光之丈が自問するように呟いた。

「さあっ、そこまではな」

吉次が頭を捻《ひね》った。

「他になにか磯吉から聞き出したか」

加助が訊いた。

「あいつ、二分もふんだくった割にはあまり知らないんだ。そうだ、津之國屋は江戸近郊から娘を集めているらしいぞ」

「食売女に仕立てるつもりか」

市橋与之助が訊いた。

「勾引かしてきた娘を女郎にするのか」

「なにっ、娘を買うてきたのではないのか」

与之助が驚きの声を上げた。

「津之國屋は阿片の代金を娘の体で払っているのだ」

小篠次が応じた。

「小篠次、どうしてそのようなことを承知なのだ」

光之丈が反問した。

「裏手の蔵の中にそのような娘が集められておる」

小篠次が昨夜の冒険譚を語った。

「やっぱり、丹助って野郎を殺ったのは小篠次か」

「光之丈、成り行きで致し方なかったのだ」

「やばいぞ」

「だから、やばいと言ったろ」

与之助の言葉に吉次が応じた。

「逃げ出そう」

「与之助、逃げ出してもわれらの住まいは津之國屋に知られておる」

「どうするのです、若様」

与之助の当惑の言葉に保雅は小籐次を見た。

「なんぞ起こるまでに二、三日の余裕はありそうだ。それまでにわれらが肚を固めればよかろう」

「大勢の大人にわれら餓鬼が太刀打ちできるか、小籐次」

光之丈の言葉には泣きが入っていた。

「おい、町奉行所にこれこれこうですと訴え出たらどうだ」

「吉次、われら、痩せても枯れても大和小路若衆組だぞ。それに町奉行所に訴え出たところで、われらの言葉を信用してくれるか」

「悪さばかりやってきたからな」

若様の言葉に加助が応じた。

「まあ、急いては事を仕損じると申すでな。ここは津之國屋が日当を持参するかどうか待とう」

小籐次が決断した。すると吉次が、

「腹が減った。残り飯があるなら食わしてくれぬか」

と言い出し、不意になにかを思い出したように、

「あっ、そうだ。参造は使いに出ているのか」

と訊いた。

「あいつ、若様が小篠次を重用するので怒って飛び出していった」

与之助が答えた。

「参造め、津之國屋の門の前でうろうろしていたぜ」

「いつのことだ、吉次」

小篠次が訊いた。

「おれがここに戻ってくるときだよ」

「何用あって津之國屋の様子を窺っているのだ」

「若様、入ろうかどうか迷っている風情だったぜ」

小篠次が思案に落ちた。

「あいつ、われらを裏切る気かもしれぬ」

「なんと申した、小篠次」

「あいつも、この仕事がやばいと気付いた一人かもしれない。そこで己の保身に走ったとしたら」

「参造め、自分だけ助かろうという算段で津之國屋に掛け込もうと考えてやがるか」

と筒井加助が呆《あき》れたという顔で訊いた。

「だが、あいつも人の子、迷って門前をうろうろしていたところを吉次に見られたとしたらどうだ。ただし推測にすぎぬ」

「小篠次の考えはあたっているぜ、若様。いよいよ、尻に火がついた。やばいぜ」

「逃げ出そう」

吉次が言った。

小篠次の目が二階の天上にいった。

「なにをする気だ、小篠次」

「この仕事の最初から考え直した」

「なにをだ」

と新八が訊く。

「われらの役目が未だ判然とせぬ。そこをはっきりさせねば、逃げても奴らが追いかけてこよう。狭い品川宿のことだからな。追っ手はわれらが一人ひとりになったときに次々に始末していくことも考えられる」

「小籐次、どうするよ」

新八の声が半分泣いていた。

「逃げても無駄なら、反撃の策を考えねばなるまい。津之國屋が若様を雇った理由だ。そいつを探らねばわれらも策の立てようがないわ」

「だから、どうするよ」

「逃げ出したと見せかけて、二階に隠れて様子を見よう」

「見付からないか」

「見付からないようにするんだ。まず慌てて逃げ出したように階下を繕う。鍋釜なんぞをひっくり返せ」

「飯は勿体ないので握り飯にして持っていく」

と吉次が言い出した。

「よし急げ」

七人で土間から板の間をひっくり返し、竹槍と急いで握った飯を持って二階に上がった。長年使われていないと見えて梯子段は段々が抜け、仲間同士で引っ張ったり押し上げたりして二階に上がった。そして、梯子段は二階に引っ張りあげて隠した。

長年藁葺《ぶ》き屋根の手入れがなされてないと見えて、屋根のあちらこちらで空が薄く見えるところもあった。そこから雨漏りがして、濡らした跡があった。だが、雨漏りは一部だ。一晩二晩我慢できないこともない。

小籐次は二階を見回した。

床全体に道具が散乱し、端のほうには夜具が積んであった。壊れた長持ち、茶箱なんぞが積み上げてあった。

「もし見付かったときを考え、逃げ道を作っておこう」

小籐次の提案で、雨漏りのした屋根の穴を広げ、二階にあった麻縄を梁に結んで、あばら家の横手の竹林に下りられる逃げ道を確保した。さらに階下を覗く穴をいくつか作った。

「これでよし」

と小籐次が言った。

夜具を重ねた上に小籐次らは寝そべって時を待った。

ゆるゆると時が流れていった。だが、参造は戻ってくる風もなく、日当を届けるはずの津之國屋の手代も姿を見せなかった。

「腹が減った。握り飯を食っていいか」

と新八が泣き言を言った。

「新八、辛抱せえ。戦を前にしての大事な兵糧になるやもしれぬでな」

「こうしておるのはいつまでだ」

「相手次第よ。命がかかっているのだ、新八。泣き言を言うな」

と小籐次は新八を諫《いさ》めながら、最前から若様が黙りこくっていることが気になった。もはや互いの顔は見分けられなかった。

「若様、なんぞ懸念が生じたか」

「皆を危ない目に遭わせたのはおれだ。すまぬ」

と暗がりで保雅の声が響き、素直な謝罪の言葉が小籐次らの胸に染みた。

「若様はわれらをこのような目に遭わせようと企てたわけではあるまい」

「加助、おれは、そのような邪《よこしま》な考えは指先ほどもないぞ。信じてくれ」

「信じているとも」

と寺侍の光之丈が応じた。

しばらく沈黙が続いた。

「おれにな、婿に入らないかという話が舞い込んでいる」

と言い出したのは寺侍の土肥光之丈だ。光之丈は小籐次らの中でも一番の最年長の二十二歳だ。

「御家人か」

と市橋与之助がちょっぴり羨《うらや》ましそうな声で訊いた。

「当今、そのような口があると思うてか」

「雑司ヶ谷村に野鍛冶があってな、犂《すき》、鎌、鍬なんぞを造っておる。その家に二つ年上の出戻りがおってな、乳飲み子まで抱えておる。うちの檀家の一人が、おれに野鍛冶の跡を継がないかというのだ」

「女は美形か」

と筒井加助が訊いた。

「美形か醜《しこめ》女か、そんなことは知らぬ。われらにそのような選択の余地があると思うか、加助」

「なかろうな」

「寺ではおれに出ていってほしいのだ。住職は、二十二の寺侍などなんの役にも立たん、稚児にしてはとっくの昔に薹《とう》が立ちすぎた、と言いやがった。この辺りで根性を入れ替えて野鍛冶に弟子入りしろと、これみよがしに追い出しにかかってやがる」

「それも一つの決心だな」

市橋与之助がどこか安心した口調で応じた。

「声をかけてくれる人があるときが花かもしれん。これを逃すと先がない」

光之丈の告白にだれもが黙り込み、保雅が大きな吐息をついた。

「おれはこの仕事でなにがしか稼いで雑司ヶ谷村に行こうと考えておった。だが、世の中そう簡単には稼がせてはくれぬな」

沈黙の後、

「纏《まと》まった金子を得られると思ったのだ」

と若様が言った。

「この中で一生食いっぱぐれがないのは若様だけだ」

「新八、そう羨ましそうに言わんでくれ」

「六万石の血筋とはいえ、妾腹がどのような扱いを受けるかおまえらは知るまい。下屋敷に兄上らが来られたときは、ゴミ扱いだ。まともに対面すら叶《かな》わぬ。生涯冷や飯食いが続くと思うとそれがし、ぞうっとする。光之丈の話を聞いて、羨ましく感じた。出戻りの嫁女どのの人柄次第では、穏やかな生涯を過ごせよう。光之丈、それがしはその道を勧める」

　という保雅の声音は優しさに満ちていた。

　また沈黙が一頻《ひとしき》り続いた。

湿気《しけ》った夜具に身を横たえていると、だんだんと温かくなってきた。蚊がぶんぶんと飛んできた。そいつを避けるために夜具の中に潜り込んだ。暑いが蚊の襲来よりよかった。

「小籐次、おまえ、どうする気だ」

「若様、おれは父親の跡を継ぐしか他に道はあるまい。厩番三両一人扶持、その半分は借上げの暮らしですよ」

「一両二分はつらいな、職人ですらその何倍も何十倍も稼ぐぞ」

と新八が言う。

「新八、野鍛冶の稼ぎはどうかな」

「光之丈、雑司ヶ谷村だぞ。鍬、鎌を銭であつらえるのは二人に一人、いや、三人に一人かもしれぬ」

「残りの者はなんで払う」

「大根、菜、芋、豆など、そのときの季節の収穫物が鍬の代金よ」

「それがこれからのおれの暮らしか」

「親方が死ねば、銭もいくらか光之丈の懐に入るかもしれないな。それまでひたすら我慢だ」

「つらい話だな」

「だが、生涯女と飯には困らぬ」

「こぶ付き、年上の出戻りがおれに似合いか」

「光之丈、そのように考えるものではないぞ。おれなら二つ返事でその家の婿に入る。鍛冶には鍛冶の楽しみを見いだせよう。野鍛冶の名人になれ。光之丈。さすれば別の道が開けるやもしれぬ」

と小籐次が言い切った。

「小籐次は親父から研ぎを教わったのであったな」

「屋敷を出るようなことがあっても食い扶持には困らぬようにと、研ぎ仕事の手解きを受けた。鍛冶は奥が深い仕事じゃぞ」

しばらく沈黙していた光之丈が、

「よし」

と決断したように暗闇に呟き、

「小籐次、おれに研ぎを教えてくれぬか」

と願った。

「光之丈、いつでも屋敷に参れ。おれが父上から習った技をすべて教える」

と小籐次が答えたとき、表に人の声がしてばたばたという足音が響いた。

「来やがったぜ」

「新八、これからは声も音も立ててはならぬ」

と小籐次の険しい声がした。

「野郎ども、どこに行きやがった」

という怒声がして、

「明かりをつけろ」

という兄貴分らしい声が響き、階下から火打ち石を叩く音がしたかと思うと、
ぼうっ、
とした明かりが灯り、覗き穴を覗く小籐次らの目に血相を変えた津之國屋の面々が映じた。

「逃げやがったか」

「感づいたとも思えねえが」

「いや、怖気《おじけ》づいて逃げやがった」

「どうする、兄貴」

と三下奴が兄貴分に問うた。

「参造の野郎を連れてこい」

と兄貴分が命じ、小籐次の隣で若様が小さな悲鳴を上げた。小籐次が保雅の腕を摑んで、

「若様、なにが起ころうと声にしてはならぬ」

と小声で注意した。

三

小篠次らの目に仲間の参造の姿が見えた。

「てめえ、おれたちに嘘八百を並べやがったな」

「五郎吉の兄い、そんなことをおれがすると思うてか。若様方は品川宿辺りに冷やかしに出かけたんだよ」

「鍋釜、蹴散らかして食売の冷やかしだと。ふざけるんじゃねえ」

五郎吉の兄いと呼ばれた男がいきなり参造を蹴り倒した。

「武士に向かってなにをするのだ」

「武士だと。品川村の腹っぺらしがなにをぬかしやがる。てめえが軽々しく動くから、野郎どもが勘づきやがったんだよ。この落とし前、どうつける気だ。それとも簀巻《すま》きにして品川の海に放り込んでやろうか」

「ご、五郎吉の兄い、それだけは勘弁してくれ。若様方が逃げたとしても、帰る先は分かっているんだ。今晩じゅうにあいつらを呼び戻す」

「そんな芸当がおめえにできるのか」

「できる。これでそれがしは大和小路若衆組の腹心だからな」

「よし、おめえに一晩、時を貸す。明日の明け六つまでに七人の雁首を揃えなきゃ、明日にもおめえの骸は品川沖の海の底だ。分かったか」

「はっ、はい。畏《かしこ》まった。これから松平の若様の下屋敷に駆け付ける」

「参造、腰の刀を抜け」

「えっ、それがし、腐っても武士の端くれにござれば、それだけは勘弁を願いたい」

「なにが武士の端くれだ。てめえの腕なんぞとっくに承知だ。抜かないと簀巻きにするぞ」

五郎吉に脅された参造が腰の大小を抜いた。

「それがし、それがなければ父上に折檻を受けるでな。あとで返して下され よ」

「おまえが首尾よく馬鹿若様を誘い出した暁にはな」

「誘い出せなかったときには返してくれぬので」

「海の底で魚の餌になる野郎に、刀なんぞいるめえ」

と吐き捨てた五郎吉が、

「辰、こいつを信用しちゃならねえ。事と次第でどちらにもくっつく野郎だ。ぴたり張り付いてろ」

と五郎吉が弟分に命じた。

「五郎吉の兄い、それがし、旗色がいいほうにつくような真似は決してせぬ。それがしは最初から津之國屋にござる」

「おまえの口ほど当てにならねえものはねえよ。辰、絶対にこいつから目を離すな。いいか、明け方までに七人を集めてきやがれ」

「合点だ」

参造を引き立てるようにして弟分一統が消えた。

土間に残ったのは五郎吉一人だ。

小篠次は、この男の左頬に匕首で抉《えぐ》られたような傷痕があるのを見ていた。

五郎吉は参造の刀の下げ緒を解くと大小をひと括りにして土間の囲炉裏の自在鉤《かぎ》に吊るした。そして、辺りをもう一度見回して表にひっそりと出ていった。

「驚いたぜ。参造の野郎、最初からおれたちを津之國屋に売り渡すつもりだったのか」

と新八が呟いた。

「若様、この話、参造が持ってきた話にござるか」

と小篠次が問い直した。

「すまぬ。そうなのだ」

保雅があっさりと認めた。

「参造は津之國屋の回し者なのか。最初からおれたちの命を津之國屋に売り渡していたのか」

光之丈が呟いた。

「どうやらそのようだ。とすると、われらのだれが狙いなのだ、津之國屋は」

「どういうことか、小篠次」

「若様。われら、品川宿のちんぴらの命七つのうち、狙いは一つだ」

「七人のうちの一人を狙って、かような道具立てを設《しつら》えたと申すか」

「と思いませんか。むろん、打毀しなんぞの用心棒ではない」

「若様か」

　と加助が呟いた。

「痩せても枯れても六万石の血筋は若様だけだ。残りは、おれを含めて若様の死を糊塗《こと》するために殺す算段だろう」

「そんな」

　と新八が言い、

「おれ、抜けるぜ」

　と弱気の言葉を吐いた。

「ばらばらになればなるほど、津之國屋の面々はわれらを始末しやすい。新八、どんなことがあっても七人は最後までともに行動する」

「小篠次」

　と傍らの保雅が泣きそうな顔で言い、

「おれが、なぜ狙われねばならぬ」

「それは、これからの登場人物が教えてくれるかもしれませんぞ」

　表に人の気配がしたことを小篠次が告げた。

「手代さん、あの面々が消えたですと」

と言う野太い声がして、でっぷりと太った体に羽織をだらしなく着た、旦那然とした男が言った。

小篠次らからは、その男の顔は隠れて首から下だけが見えていた。

「ちんぴらどもと思い、つい、油断しました」

「昨晩も丹助の姿が忽然と消えている。一味に手練《てだ》れがいるそうじゃないか」

「貧乏大名森藩の下屋敷の厩番の倅が、なかなかの遣い手でして」

と手代の声がした。

「そやつ、うちに雇えませんか」

「こやつ、金で転びそうにないんで」

「参造なんてクズを引き入れたのが間違いです。最初からその男を誘えば、このようなことにはならなかった」

「大旦那様、ただ今手配をしておりますので、直ぐに七人をこの家に連れ戻します」

と手代の声がおろおろと答えた。

「船は明日の晩に着きます。もはや余裕はありませんぞ。明晩には娘らを船に乗せて、すべて腹っぺらし組のせいにするのです。手代さん、やくざ者をすべて集めて、妾腹の保雅を連れてきなされ。余裕は三刻とありませんぞ」

と津之國屋の大旦那金蔵が命じ、

「畏まりました」

と手代が表に飛び出していった。そして、大旦那の津之國屋金蔵の垂れた頬が見えて、その傍らに羽織袴の武士が従っていた。

「慈妙寺様、いささか甘く見たようでございます。されどこの品川宿のこと、最後にはきちんと始末をつけますでな」

慈妙寺の名が津之國屋の口から洩れ出たとき、若様の体がぴくんと動いた。

「妾腹などどうとでもなると言うたな、津之國屋」

「申しました。いささか手間取ってはおりますが、最後の仕掛けをごろうじろでございますよ」

と応じた金蔵が、

「慈妙寺様、松平光芳様の具合、いかがにございますな」

「医師はあと数日保てばよいと言うておる」

「となれば、次男の光忠様が跡継ぎになるのは間違いなし」

「ところが、光忠様はいささかお頭《つむ》が弱いでな。妾腹の保雅を改名して光継となし、光年様の跡継ぎにと考える家臣どもがいる。ここは光忠様のために、光芳様と保雅を一気に始末しておかぬとな、安心できぬ」

「光忠様がお継ぎになれば、ご用人様の力がますます強くなる。六万石はご用人様の好き放題にございましょう」

「津之國屋、すべては始末をつけた後のこと。よいな、慎重に事を運んでくれよ」

「明晩にはすべて事が収まっておりますよ。松平光年様の三男坊は、品川宿で争いに巻き込まれて命を落とすことになります」

「頼んだぞ」

「その代わり、津之國屋の船を松野藩のお借上げ船にして下さいましな。そうなれば、おおっぴらに抜け荷商売ができますでな」

「言わずもがなのことを申すな、津之國屋」

と二人は含み笑いして表に姿を消した。

土間の行灯は灯したままだ。

二階の夜具に潜り込んでいた七人は身動き一つしなかった。

「松平家の用人が津之國屋とつるんでやがったか」

「兄上光芳様に薬を盛り、おれを始末すれば、お頭の弱い兄上光忠様の天下と、慈妙寺助三郎は考えおったか」

保雅が茫然《ぼうぜん》と呟いた。

「若様の名前が変わることも、家中では決まっているらしいぞ」

と与之助が言った。

「それがしは松野藩のなんだ」

「考えようによれば、若様の松野藩の殿様の可能性が出てきたということではないか」

光之丈が言い出した。

「そのようなことが簡単にできるものか」

と新八が言った。

「嫡男が死んだ後、幕府の大目付に、真相はかくかくしかじかにございますと訴状を出すんだよ。すると次男はお頭が弱いことは分かっているし、この次男の用人が長男坊を暗殺したとなれば、いくらなんでも次男が殿様になることはあるまい。すると残るは若様一人だぜ」

と吉次が言い出した。

「吉次、おれたち始末されるんだぜ」

と新八が反論した。

「だからよ、なんとしてもこの危機を切り抜けるんだ。さすれば若様が六万石を継ぐのは確かなものになってくらあ。おれたちは若様の友達《だち》だからよ、仕事くらい貰えねえか」

吉次が能天気に言った。

「おれは嫌だ。兄上の死を見逃し、殿様になるなんぞ、まっぴらご免だ。おれはおれで生きていきたい」

保雅が小籐次に顔を向けた。階下から洩れてくる行灯の明かりで保雅の顔がおぼろに浮かんだ。

「なんぞ知恵はないか、小籐次」

「これでわれらに託された真の狙いが分かった」

「若様の命だな、小籐次」

「そういうことだ、新八」

「どうするよ、小籐次」

加助が小籐次に訊いた。

「少し考えさせよ」

「一晩しかないぞ」

分かっている、と応じた小籐次が、仲間の六人を覗き穴の周りに集めた。

「ここに集《つど》う七人は、なにがあっても仲間を裏切らぬと誓えるか」

「誓えるぞ、小籐次」

保雅が即答した。

よし、と小籐次が手を出した。六人の仲間が小籐次の手に重ねるように乗せた。

「なにが起ころうと、この七人は一蓮托生、生きるも死ぬも最後まで一緒だ」

「相分かった」

保雅が皆を代表して答え、残りの五人が頷いた。

「小篠次、なにをなすべきか」

「兄御の光芳様に薬を盛っておる鼠がいる。まず光芳様を助ける手立てを考えねばならぬ。光芳様の周りに信頼できる者はおられぬか」

はて、と保雅が考え込んだ。

「殿様は国表の松野城下か、それとも江戸屋敷か」

「六月に参府なされたゆえ江戸におられる」

「殿様はどのようなお方か」

「父上には二、三度しかお目にかかったことはない。だがな、幕府の奏者番を務められるほどの聡明なお方じゃ」

「若様が誠心誠意書状を認《したた》めれば、聞き届け下さるであろうか」

「慈妙寺助三郎を見ておるしな。おれの言葉を信じて頂けると思うがな」

保雅の返答には一抹の不安が残っていた。

「上屋敷はどこにござるな」

「呉服橋内、南町奉行所の近くだ。父上にお目見得するのに一度だけ訪ねたことがある」

「よし、おれとともにこのあばら家を抜けよう」

「えっ、おれたちを残していくのか」

新八が怯えた声を上げた。

「ここが我慢のしどころだ。絶対に動かなければ見つからぬ。よいな」

小篠次の言葉に与之助が、よし、と答えた。

「なにが階下で起こるか、よく見ておればよい。おれと若様は明け方までに戻ってくる」

と約束した小篠次は保雅を連れて、藁葺きの破れた穴から屋根に出ると、麻縄に身を託してあばら家の横手に下りた。


小篠次は若様を北品川宿の了真寺に連れていった。了真寺は小さな寺で、裏が竹林になっていた。豊後森藩久留島家下屋敷では、内職の竹細工の竹を了真寺背後の竹林に切りに行くので、了真寺とは懇意だった。下総《しもうさ》の寺の住持が時折やってくるだけで、普段は納所坊主と小僧が留守番をしていた。

この本堂の扉は錠がおりていなくて忍び込めた。忍び込んだところで盗むようなものはなにもない貧乏寺だ。納所坊主は酒好きで、大体品川の安酒場で明け方まで飲んでおり、昼間はだらしなく寝ていた。小僧もとっくに寝込んでいた。

本堂に入り込んだ小籐次は、火打ち石で行灯に明かりを灯した。文机といえば恰《かっ》好《こう》もつくが、がたぴしの小机に硯《すずり》箱があり、巻紙もあった。

「若様、なんとしても殿様の力を借りねば兄御は助からぬ。だれか殿様のご側近はおられぬか」

保雅が即答した。

「道々考えてきた。父上の側年寄であった御《み》嶽《たけ》五《ご》郎《ろう》右《え》衛《も》門《ん》かのう、ただ今は隠居の身で新堀川沿いの白金村に庵《いおり》を構えている。父上が庵を訪ねられた折に呼ばれたことを思い出した」

「信頼がおけますな」

「父上の相談役を今も務めているほどだ」

「ならば御嶽様に殿様宛ての手紙を託そう」

文面を考えているのか保雅が小机の前で沈思した。小籐次は硯箱を開いて硯に水を注ぎ、墨を磨《す》った。

よし、と頷いた保雅がさらさらと筆を運び始めた。なかなかの達筆で、筆の運びも速かった。保雅は松平家の中で妾腹と蔑《さげす》まれてはいるが、本来頭脳明晰な若様かもしれぬなと、小籐次は考えを改めた。

四半刻後、保雅は父の光年に宛てた文を書き上げた。

小籐次は火の始末をして、硯箱を元に戻すと、保雅を連れて了真寺の本堂を抜けて表に出た。新堀川は半里ほど東に向かったところだ。

小籐次らにとって遊び場所と言っていいところで、保雅は迷うことなく萱葺《かや》きの小さな庵に連れていった。おかめ笹の垣根があるにはあったが、どこからでも跨いで入り込めた。

二人が垣根を越えると小さな畑が月明かりに見えた。

「おや、明かりが灯っているぞ」

保雅が驚きの声を発して身を竦ませた。

「どうなされた」

「五郎右衛門は長年御番衆を束ねてきた者でな、家中で雷と呼ばれるほどの強面《こわもて》だぞ。家臣など御嶽五郎右衛門と聞いただけで、震えがくるほどの人物だぞ。書状を投げ込んで帰らぬか」

「若様、余裕がござらぬ。起きておられるのは勿怪《もっけ》の幸い。お会いしてお願いなされませ」

「会わねばならぬか」

「それが一番よい方法にござる」

小籐次が先に立ち、庵に向かって畑を進んだ。すると枝折戸があり、小さな庭に続いていた。

「何奴か」

としわがれ声が誰何して、保雅が体を硬直させた。

「さあ、早く名乗りなされ」

と小籐次に促された保雅が、

「松平保雅じゃ」

と応答した。

「なんと、下屋敷の若君ですと」

障子が開いて刀を下げた老人が敷居に立った。

「かような刻限、何用にございますな」

「火急の要ありて父上に宛てた書状を持参した。五郎右衛門、届けてくれぬか」

着流しの五郎右衛門は沈思したまま深夜の訪問者を睨み付けていたが、

「お上がり下され。話を承ろう」

と言った。

四

松平光年に宛てた書状を手にしたまま保雅の話を聞き終えた御嶽五郎右衛門が、ううーんと呻いた。

「なんという愚かなことを」

「五郎右衛門、すまぬ。つい大人の真似をしとうて悪ぶってみた」

五郎右衛門がふむと保雅を見て、

「保雅様のことを申したわけではございませぬ。慈妙寺助三郎のことを申したまで」

と答えた五郎右衛門が小籐次を見た。

「そのほう、いくつに相なる」

「十八にございます」

「豊後森藩久留島様のご家中じゃと」

と保雅が小籐次の紹介の折の言葉を思い出したか、念を押した。

「下屋敷の厩番の倅にございます」

「ようも保雅様をそれがしのもとに連れてきてくれたな。礼を申す」

「御嶽様、若様の言葉を信用なされますので」

「そなたら、虚言を弄しに参ったか」

「いえ、若様が言われたことに一言半句間違いはございません。初対面のそれがしに信頼のないは当然のこと。それがし金打しても保雅様の証言に間違いございませぬ」

「金打とは、古めかしいことを承知よのう」

五郎右衛門が苦笑した。

武士が互いの言辞を違えぬという証拠に両刀の刃や鍔《つば》を打ち合わせることをいう

が、武士の時代はすでに廃《すた》れ、商人の時代に入っていた。だから、昨今の武士に金打などという考えはない。

「保雅様の話で得心がいったこともある。なぜご壮健であられた光芳様のご体調が突然優れぬようになったかと案じておったところだ。この話にはお医師が一枚嚙んでおらねばならぬ。岩槻玄堂め、思い知らせてくれる」

と五郎右衛門が自らに言い聞かせるように呟いた。どうやら心当たりがありそうな気配だ。

「五郎右衛門、父上と会《お》うてくれるか」

「明朝、別のお医師を伴い、呉服橋内の屋敷を訪ね申す。まずは殿にご面会し、保雅様の書状を差し上げ、火急に対策を練り申す」

「兄上の体が案じられる」

「第一に考えるはそのことにございます」

と御嶽五郎右衛門が言い切り、

「二番目には、品川宿を牛耳る津之國屋なる商人に命を狙われている保雅様のお身じゃが、赤目小籐次、どうするな」

と訊いた。

「保雅様のお命、それがしの命に替えてもお守り致します。また津之國屋一味が江戸近郊より勾引かしてきた娘らを、なんとしても異人の船には乗せませぬ」

「話の具合では、保雅様、頼りになるのはこの御仁だけにございますかな」

と保雅に訊いた。

「五郎右衛門、小篠次は若いが肝が据わっている。それに来島水軍流の腕前、凄みがあるぞ」

ふっふっふ
と五郎右衛門が笑った。

「保雅様、それがしに同道して殿に対面なされますな」

「五郎右衛門、妾腹は妾腹の分があろう。それがしが上屋敷に姿を見せれば、妾腹が小賢《こざか》しい策を弄しおってと、慈妙寺一派に加担する家臣も出よう。それでは五郎右衛門の立場もあるまい。また松野藩の内紛の因となろう」

「保雅様が言われるとおりかもしれませぬな」

と目を細めて保雅を見た。

「五郎右衛門、それがしには大和小路若衆組の頭としての務めもあるでな。津之國屋のあばら家に小篠次とともに戻る」

「保雅様、そろそろ二十歳を迎えられます。勝手気儘《きまま》な暮らしもそろそろ終わりになされませぬか」

「さすればなんぞあるか」

「此度のことが首尾よく解決致しました暁には、殿に願い、しかるべきところに婿入りをして頂きましょう」

「小糠《こぬか》三合あれば入り婿はよせ、と巷《ちまた》では申すぞ」

「保雅様、ようご存じで。入り婿もピンきりにございましてな。この五郎右衛門が、保雅様にふさわしい嫁女と屋敷を見つけますでな」

「放埒《ほうらつ》な暮らしは止めよと申すか」

「いかにもさよう。約束できますかな」

ちらりと保雅が小篠次を見た。

「御嶽様が言われるとおり、品川宿の腹っぺらし組は解散の時を迎えたようです。われらと一緒の好き放題な暮らし、若様の心持ち次第で後々役にも立ち、害にもなりましょう。若様なればきっとよきほうに生かされるかと存じます」
ふっふっふ
と満足げに五郎右衛門が笑い、小籐次と保雅を見た。
最後に小籐次が懐から阿片の入った布袋を出し、
「津之國屋が抜け荷をしておる証拠にございます」
と五郎右衛門に差し出した。

小籐次と保雅が津之國屋のあばら家の二階に戻ったのは夜明け前だ。

「遅いぞ。若様、小籐次」

と新八が文句を言った。

「なんぞあったか」

「小籐次、娘が新たに五、六人蔵の中に連れ込まれた。今宵、品川の浜から船に乗せられるぞ。どうするな」

「腹が減っては戦もできまい」

「残っていた握り飯は食うてしもうた」

「そんなことではないかと思うたわ」

小篠次は背に負うてきた風呂敷包みを下ろした。

小篠次と保雅が御嶽の庵を引き上げようとすると、五郎右衛門が老妻と小女を起こし、飯を炊かせた。そして、握り飯をいくつもいくつも作って菜を添えて持たせてくれたのだ。

「ほれ、見よ」

と小篠次が竹皮包みを新八らに渡した。

「おっ、まだ温かいぞ。うーむ、きゃら蕗《ぶき》の佃煮に沢庵まで添えてあるわ。こりゃ、美味しそうじゃ」

新八がにっこりと笑った。

吉次はすでに握り飯にかぶりついていた。

「それがしも貧乏徳利を持たされた」

と保雅が風呂敷に包んだものを解いて出した。

「おっ、酒か」

と光之丈がにんまりした。

「いや、茶だ。われらにはやるべきことがあるでな」

「娘を助けることだな」

加助が竹皮包みを解く小篠次を見た。

「夕刻までは間がある。飯を食ったら寝る。交替で番を致すぞ。全員大鼾《おおいびき》で寝込んでは、潜んでいることを触れ回っているようなものだからな。用心が肝要よ」

と小篠次が答えるのへ、

「そうだ、参造の野郎がひでえ折檻をされたぞ」

と言い出したのは与之助だ。

「われらが屋敷や長屋に戻っておらぬゆえか」

「そういうことだ。参造め、津之國屋に鞍替えしたが、あちらでも信用はされておらぬわ。われらに別の塒《ねぐら》があるはずだ、答えよ、と殴られ蹴られるの折檻を受けた」

「あいつ、ひいひい泣いておったな」

と握り飯を食いながら、口々に言った。

「自ら天に唾した罰があたったのよ」

と小籐次が言い切り、握り飯を食し始めた。薄塩で握った飯はなんとも美味だった。握り飯を二つ食し終えた小籐次は、貧乏徳利の茶を喫して飯を終えた。

「若様とおれがまず寝る。おまえら、音を立てぬように見張りをしてくれぬか。異変があれば起こしてくれ」

光之丈らに言うと夜具の上にごろりと横になった。その直後、小籐次は寝息を立てて眠りに落ちた。


「小籐次、起きよ。だれか来る」

と新八に揺り起こされて小籐次は目を覚ました。額にうっすらと汗を掻いて熟睡したせいで、心身が爽やかだった。

「そなた、かような状況でよう寝るな」

保雅が驚きの言葉を発した。

「寝る子は育つと申しますが、それがしには当てはまりませぬ」

小籐次は一つ欠伸をすると、藁葺き屋根の穴から空を見た。

濁った血のような夕焼けが広がっていた。

時刻は暮れ六つ前後か。

小籐次が覗き穴に目をつけると、囲炉裏の自在鈎に田淵参造の大小が結びつけられているのが物哀しく見えた。

開けっぱなしの戸口から人の気配がして若い武芸者が入ってきた。垢染みた単衣に野袴を着け、四角い鍔が嵌《は》められた朱塗りの大小を腰間に差し落としていた。がっちりとした腰と足は十分に修行の跡を見せていた。だが、顔は見えなかった。

「三郎助様、あやつらめ、一晩でなにに怯えたか逃げ出しましたので。妾腹の三男坊だけでも急ぎ、捕まえて始末したいのですがな。ただ今手配りをしておりますで、暫時お待ち下さい」

津之國屋の手代が揉み手をしながら言った。

豪柔一刀流の三兄弟の末弟、佐久間三郎助だろうか。

「まさかとは思いますが、娘らを今宵船に乗せるまで安心はできないと、大旦那様が案じておられるのでございますよ。三郎助様にはいささか格違いの仕事にございましょうが、これも津之國屋の大事な稼ぎ仕事と思し召して、内蔵の見張り方、願います。なあに今晩一晩だけにございますし、娘十六人の扱いは表の連中がやります。三郎助様は腹っぺらし組が万が一、戻ってきたときの用心のためにございますでな。食売に飽きたのならば、娘の一人二人味見をしてもようございますよ。なあに唐人に売り渡す娘らだ、おぼこかどうかなんて奴らに分かりはしませんでな」

手代が三郎助の機嫌をとるように言った。

そのとき、佐久間三郎助の体がすうっと動いて押し殺した気合いを発すると、四角い鍔がちんと鳴って大刀が引き抜かれ、自在鉤に吊るされた参造の大小が鞘の上から両断されたようで、鐺《こじり》から一尺余のところが斬れ飛んで土間に転がった。

腰が入った圧倒的な力と業前《わざまえ》だった。

小籐次の傍らの保雅がごくりと唾を呑み込んだ。

そのとき、三郎助が梁を見上げた。頬が削《そ》げた貌《かお》は殺伐と荒《すさ》んでいた。年の頃は小籐次より四、五歳上か。いや、荒んだ暮らしが年上に見せているだけで、意外と若いのかもしれないと小籐次は思い直した。

重《かさね》のある刀身を鞘に戻した三郎助が、小籐次の視界から姿を消そうとした。そのとき、小籐次は三郎助の左足が不自由なことを知った。ために三郎助は歩くたびに左肩がわずかに沈んでいた。

（強敵じゃ）

　と小籐次は覚悟した。

「治助さん方、佐久間様を退屈させないよう蔵の見張りを頼みますよ。迎えには九つ過ぎに参りますでな。それまで六人で蔵を守って下されよ」

　と表に待つ用心棒に願った手代も小籐次らの視界から消えた。

　しばらく二階のだれもが口を利かなかった。

「えらい相手が出てきやがったぞ」

「末弟があれでは、長兄や次男の腕前はどれほどのものか」

　光之丈と与之助が言い合った。

「いくら小籐次が来島水軍流の遣い手とは申せ、相手は三人だぞ。苦しいな」

　と筒井加助も言った。

「どうする、小籐次」

「新八、吉次。おまえらは屋根の上から蔵の動きを見張れ。決して気付かれるのではないぞ」

　分かったと新八と吉次が屋根に開いた穴から藁葺き屋根に出ていった。

「われら五人、腰に刀を差している以上曲がりなりにも武士の端くれ。蔵の娘たちを助け出し、津之國屋の悪巧《わるだく》みを潰す。それが若様の命を守る途《みち》でもあるのだからな」

「われら七人で、津之國屋に立ち向かおうというのか」

「ひょっとしたら松野藩松平家が動くことも考えられる。さすればわれらの出番はない。だが、その前になんとしても娘を助け出さねばなるまい。こいつはわれら七人の仕事だ」

「参造の大小を斬り割ったあいつがいるぞ」

と加助が言った。

「あの者はおれが斃す」

と小籐次が明言した。

一刻の時が流れ、藁葺き屋根に人の気配がして吉次が戻ってきた。

「小籐次、蔵の前に見張りが二人立っている。そやつらが酒を飲み始めた。もう一つの蔵はひっそりとしている」

「娘らは地下蔵に押し込められておるゆえ、物音はするまい。佐久間三郎助はどこにいる」

「姿は見かけぬ。治助って野郎と一緒に地下蔵で娘をいたぶってるんじゃないか」

と吉次がいささか羨ましそうな顔で答えた。

「よし、おれがまず見張りを二人片付ける」

「われらはどうするな」

「二階から出るときが来たようだ。竹槍を持って下りろ」

と小篠次が命じ、まず覗き穴で階下の様子を確かめた。行灯の明かりは灯されていたが、灯心が短くなって黒い煙が上がっていた。だが、人の気配はない。

「吉次、屋根に残った新八にこう伝えてくれ」

と小篠次は吉次に言い聞かせた。

「分かった」

「事が済んだら新八も屋根から下りてこいと言ってくれ」

引き上げられていた梯子段が下げられ、まず小篠次が階下に下りた。

小篠次は佐久間三郎助が両断した田淵参造の大小を見た。鞘ごと二本の刀身を斬り割るなど尋常な技と力ではない。鮮やかな斬り口だった。

「小篠次、あやつに勝つ自信はあるか」

と梯子段を下りてきた保雅が問うた。

「若様、ござらぬ。じゃが、斃さねばわれらは死ぬことになり申す」

「死ぬのは嫌じゃ」

吉次が言った。

「人間、簡単に死ねぬものじゃ」

と答えた小篠次は斬り飛ばされた参造の小刀の切っ先を拾った。斬り離された鞘から抜け落ちた切っ先は、六寸余りだ。その辺に落ちていた古裂《ふるぎれ》に包み、懐に入れた。さらに土間にあった鍬から柄を外し、柄を振ってみた。ちょうど定寸の木刀と同じ長さ、太さだった。

「それがしが出た後、間をおいて蔵においで下され」

と保雅に言い残すと、小篠次はあばら家を出て、一人蔵に向かった。保雅らには間をおけと命じたにも拘《かかわ》らず、その後ろに従ってきた。

二棟の奥の蔵に明かりが見えて、二人のやくざ者が酒を飲んでいた。蚊遣りが焚かれて煙がもうもうとしていた。そのせいで小篠次らが歩み寄るのに気付く風はない。

　藁葺き屋根の新八が気付いたとみえて、

「ほうほう」

と梟《ふくろう》ともなんともつかぬ鳥の鳴き声を上げた。小篠次が命じたとおりに新八が動いたせいで、見張りの二人が立ち上がって屋根を見上げた。

「おい、中蔵、屋根に人がいるぞ」

「だれだ」

「逃げた連中の一人ではないか」

　と言い合う間に小篠次が一気に間合いを詰めた。

「あやつら、二階に隠れていたんじゃないか。治助兄いに知らせよ」

と一人がもう一人に命じた。そのとき、小篠次の姿に気付いた。

小篠次が突進しながら脇構えの鍬の柄を翻したのはその瞬間だ。

ばしり、ごつん

という打撃音がして、脇腹と肩口を強打された二人が崩れ落ちた。

小篠次は屋根にいる新八に下りてこいと、手を振って命じた。頷いた新八がすでに麻縄を用意していたらしく、するすると下りてきた。

「新八、その縄でこやつらを縛っておけ」

「合点だ」

小篠次があっさりと二人を片付けたのを見た新八には余裕の表情があった。

「小篠次、蔵の奥でも三人が酒を飲んでいるぞ」

と保雅が蔵の戸の隙間から顔を覗かせて言った。

「誘い出せるとよいのだが」

小篠次が呟くと、保雅がいきなりぐいっと蔵の戸を押し開いた。そして、

「そなたら、そこでなにをしておる」

と信州松野藩六万石の三男坊の鷹揚さで問いかけた。妾腹とはいえ六万石の三番目の世継ぎには違いない。体から鷹揚さと気品がそこはかとなく滲み出ていた。

「あやつ、こんなところにいやがったぞ」

と酒を飲んでいた三人が不用意に蔵の中を走ると、保雅を捕まえようとした。すると保雅は身を翻して逃げた。

「待ちやがれ」

と飛び出してきた三人を小籐次が鍬の柄で厳しく打ち伏せ、倒した。

「これで五人か。小籐次にかかるとやくざなど形なしじゃのう」

と保雅が満足げに言った。

五

「地下蔵に、ほんとうに娘が十六人も閉じ込められているのか」

保雅が外から一ノ蔵の漆喰壁に耳をつけて小籐次に訊いた。

「仕掛けは分かりませんが、二ノ蔵から通じる隠し階段があり、一ノ蔵の地下蔵に行けるものと思われます。気配は感じられませんか」

「物音ひとつしないぞ。忍び込んでみぬか」

と保雅が大胆なことを提案した。

「仕掛けが分からぬ以上、あれこれ触って佐久間三郎助に気付かれるのは、なんとも愚かしゅうござる。娘らが引き出されるときが勝負かと存じます」

「九つじゃな。最前四つが鳴ったゆえ、あと一刻ほどか」

増上寺の時鐘を聞いた若様が呟いたとき、長屋門に見張りに立たせていた吉次が走って戻ってきた。

「新手の助っ人が来やがった」

「何人か、吉次」

「七、八人はいるぜ。剣術家も二人ほど混じっていらあ」

「佐久間の長兄と次兄か」

「いや、それほどの凄みはない」

と竹槍を持った吉次が武者振るいをした。

「若様、なんとしてもこやつらを叩きのめしておかねばなりません。五人がすでにわれらの手に落ちていることを悟られますからな」

「どう致せばよい」

「此度ばかりは、われら七人が相助けねばなるまい。ともかく蔵に近付けてはならぬ」

と言って小籐次が駆け出した。すると保雅や竹槍を手にした光之丈らも続いた。

長屋門の前で小競り合いが起きていた。新八が見付かったのか、輪の中に倒れた新八に、何人かが殴る、蹴るの暴行を働いていた。

疾風のように腰を沈めた小籐次が乱暴を働く三人に背後から襲いかかり、鍬の柄で叩きのめした。

一瞬の早業に三人がばたりばたりと気を失って倒れた。

「何奴か」

「厩番の倅だぞ」

と言い合う声がして、浪人剣術家二人が小籐次の前に立ち塞《ふさ》がった。

小籐次の動きは迅速を極めた。そろりと刀を抜く相手に攻め入る隙を与えず、踏み込みざまに、鍬の柄で右に左に振った。

がつん
という鈍い打撃音とともに二人が倒れた。

「小籐次ばかりを働かすでないぞ」

保雅が激励し、土肥光之丈、筒井加助、市橋与之助が津之國屋の雇われ用心棒らに突きかかり、叩き伏せた。

武術の心得のない者同士が立ち合うとき、長柄のほうが有利に働いた。間合いを長くとれる分、恐怖心が薄らぐからだ。

保雅の叱咤もあってさんざんに叩きのめし、新八も、

「お返しだ」

と加わって一気に反撃し、助っ人ら八人を地べたに転がした。

「新八、吉次。猿轡をかませて縄で縛り上げ、長屋門の小屋に放り込んでおけ」

と小籐次の命で光之丈らも手伝い、高手小手に縛り上げられた八人は長屋門脇の長屋に閉じ込められた。

「よし、蔵に戻ろう」

一行が二ノ蔵に戻ると内部から、ぎいっという音が響いてきた。遠く地中から娘らのざわめきや泣き声が洩れてきた。

「どうする、小籐次」

「相手は佐久間三郎助と治助の二人だけでございます。いささか急な展開ですが、今が娘を取り戻す好機かもしれませぬ」

「佐久間は手ごわいぞ」

「与之助、加助、光之丈。治助の相手を願おう」

「三人で一人か。ならばなんとかなろう」

と年長の光之丈が答えた。

「小篠次、わしの役目はないのか」

保雅が不満そうに言った。

「若様、一番大切な役目が残っております。娘たちに怪我をさせぬよう吉次と新八の三人で守って下され」

「相分かった」

保雅が緊張の声で応じて、問うた。

「小篠次、佐久間とやるのか」

「致し方あるまい」

小篠次は今まで手にしていた鍬の柄を捨てた。そして、保雅から借り受けた刀の鯉口を切った。

「待て、小篠次。わしの刀を使え。そのなまくら刀では佐久間三郎助の豪刀に太刀打ちできまい。それがしの差し料は、無銘ながら備中青江と伝えられる。刃渡り一尺九寸七分、そなたには扱いがよかろう」

「名物にっかり青江と呼ばれる京極家伝来の刀があると聞き及びますが、あの青江と関わりがございますので」

「わしの刀も、にっかり青江と同じ鍛冶と伝えられておるぞ」

保雅の口調がいつしか六万石の三男坊に戻って、気品と風格すら感じられるようになっていた。

「若様、そのような一剣、血で穢《けが》してようございますか」

「そなたの命がかかっておる。刀などどうとでもなるわ」

「借り受けます」

小篠次と保雅は刀を交換し、小篠次は無銘伝青江の鯉口を切って抜いた。

反りは四分、刃長二尺に三分足りぬだけだ。二ノ蔵の軒下に下げられた提灯の明かりに、地鉄《じがねこ》小杢目《もくめ》が強く浮かんで美しかった。

小篠次が両手に黒塗り鮫皮の柄を保持すると掌にぴたりと吸いついた。

素振りを一、二度。

刃風が爽やかに耳に響いた。

「若様、こいつは凄うござる。最初で最後にお目にかかる名刀でございます」

と笑みを浮かべて小篠次は鞘に静かに収めた。

「小篠次、蔵の奥の床がするすると開いたぞ。あっ、治助が娘たちを連れて姿を見せた」

と格子戸から蔵の奥を覗いていた新八が報告した。

「よし。新八と吉次は若様と娘たちの身を守るのじゃ。光之丈、与之助、加助。三人で竹槍の切っ先で突いて治助を娘たちから離れさせよ。抵抗いたさば本気で突くのだ、それが娘たちと自らの命を守るただ一つの方法じゃぞ」

ああっ！

と新八が悲鳴を上げた。

「治助の他に仲間がいるぞ」

「何人か」

「三人じゃ」

「光之丈、与之助、加助。そなたら、なんとしても一人を仕留めよ。治助はだれが相手する」

小篠次が三人を見た。

「おれが受け持つ」

市橋与之助が決然と答え、

「小篠次、竹槍でのうて刀でよいか」

と願った。

「戦い方は人それぞれ。おまえの好きにやれ」

「相分かった」

「余計なことだが、戦いに際して迷いは禁物。踏み込むときは存分に踏み込んで刀を振るえ。それだけを心せよ」

与之助が静かに頷いた。

「小篠次、治助が先頭で蔵を押し出してくるぞ。だが三郎助の姿はない」

新八が潜み声で言い足し、竹槍を構えた。

小篠次らは蔵の戸の左右に分かれ、姿勢を低くしてそのときを待った。

治助と戦う市橋与之助は抜刀して片膝を突いた。その背後に土肥光之丈と筒井加助が竹槍を構えて控えた。

治助が蔵の格子戸を横手に引いた。

「そろそろ迎えが来る頃だ」

と治助が懐手をして蔵の外に出た。

「見張りはどうした」

と辺りを見回し、待機する小籐次らの姿に気付き、ぎょっとして立ち竦んだ。それでも不敵な笑みを浮かべると、

「なんだ、てめえら。逃げたんじゃねえのか」

と言い放った。

「そなたの相手はそれがしだ」

市橋与之助が立ち上がり様に斬りかかった。

きゃあっ！

娘たちが悲鳴を上げ、逃げ惑った。

「大人しゅうせよ。われらはそなたらを助けに参った者じゃぞ、安心せよ。蔵の内壁に寄って身を低くしておれ」

と保雅が叫び、新八、吉次が娘らを誘導するために蔵の中に飛び込んでいった。

光之丈、加助の二人も続き、治助の仲間に竹槍をつけた。

蔵の前では治助が前方に走りつつ、懐手を出し、振り返った。

きらり
と匕首が光った。

その動きに与之助が従い、くるりと振り向いて逆手に匕首を構えた治助に迫った。

「与之助、間をおくでない」

小篠次の叱咤に、与之助は右手に構えていた刀を、匕首口を持つ腕に敢然と振り下ろした。

治助も匕首を振るおうとしたが、一瞬早く与之助の刃が、匕首を持つ治助の腕を斬り飛ばしていた。

ぎええっ！

という治助の悲鳴が乱戦の相図になった。

小篠次は佐久間三郎助の姿を探した。二ノ蔵の中から、

「娘らの身柄を確保したぞ！」

と新八が誇らしげに叫ぶ声が響いた。

蔵の前に、自らの勝ちに茫然とする与之助がいて、地面を転がり回る治助を見下

ろし、

「おれが斬ったのか」

と小籐次とも自分ともつかぬ語調で呟いた。

「見事な踏み込みであった」

と与之助を褒めた小籐次は、

「新八、佐久間三郎助はおるか」

と蔵の中に尋ねた。

「蔵の中には治助の仲間だけだぞ。壁際に光之丈と加助が追い詰めたぞ」

と叫び返してきた。

「娘らをしばし蔵の中で待たせよ」

と小籐次が叫んだとき、表で大勢の人の気配がした。小籐次があばら家を振り向くと、暗がりからざんばら髪の人影がゆらりと現れた。

「田淵参造」

と与之助が呟くように言った。その背後に佐久間三郎助ともう一人の剣術家が控えていた。

一ノ蔵の表戸を開いて姿を見せたか。

「参造、裏切ったな」

と与之助が参造を詰《なじ》った。その瞬間、
うおおっ！

と獣の咆哮《ほうこう》のような叫び声を上げた参造が、素手で与之助に摑みかかろうとした。

その動きがくんと止まり、五体が竦んだ。

ゆらり
と揺れて参造の体が前のめりに倒れ込んだ。

参造の背に小刀が突き立ち、体が痙攣を始めていた。

「邪魔よのう」

呟いた三郎助とは別の剣術家が参造に歩み寄り、片足を背に掛けると小刀を抜いた。すると切っ先から血がぼたぼたと滴り落ちた。

「松平某はおるか」

「蔵の中におる」

と小篠次が応じたとき、新八の、

「治助の仲間はお縄にしたぞ！」

という声が誇らしげに響いた。

「次郎吉兄者、松野藩の三男坊を始末致す」

宣告した三郎助と次郎吉の兄弟は、まるで小篠次と与之助がその場におらぬかのように蔵の中に入ろうとした。

「長兄佐久間兼右衛門はいずこにおる」

二人の前に立ち塞がった小篠次が訊いた。

「兄上は津之國屋に控えておられる」

と答えた三郎助が、

「そのほうが、用心棒志願の浪人を斬ったという青二才か」

と小篠次を見た。

「津之國屋の用心棒丹助もな」

ほう、と次郎吉が小篠次を見返した。

「こいつ、餓鬼の分際で不敵な面をしておるぞ、兄者」

「津之國屋が出張ってくる前に始末せえ。夜明け前に、娘らを唐人船に乗せねばならぬそうじゃからのう」

　と次郎吉が弟に命じた。

「二人してよく聞け。津之國屋には今晩町奉行所の手が入る。逃げ出すなら今のうちじゃぞ」

「なにっ」

「三郎助、こやつの言うことなど当てになるものか」

　と次郎吉が嘲笑《あざわら》った。

「まあ、よい。地獄に参って後悔いたそう。次郎吉、三郎助、われらもいささか急ぐ。二人相手に勝負を願う」

「こやつ、大胆なことを。われら豪柔一刀流の怖さを知らぬとみえる」

「三郎助、そなたが参造の大小を斬り飛ばした業前を二階の覗き穴から見た」

「なに、おまえら、あばら家の二階に潜んでおったか。品川界隈の貧乏たれ、あれこれと考えおるぞ」

　と三郎助が吐き捨てると四角い鍔を鳴らして剣を抜いた。すると腰に下げた巾着から小判が鳴る音が響いてきた。

小籐次の無銘青江はまだ鞘の中だ。

「われら二人を相手に居合いを使う気か」

と三郎助が嘲笑った。

小籐次は三郎助と次郎吉を等分に見ながら、懐に手を入れた。

「田淵参造は裏切り者ではあったが、われらが貧乏仲間であった。仇を討つ」

と宣告した。

そのとき、長屋門付近に、

「南町奉行山村信濃守良旺様のご出馬である。品川宿を不埒にも専断致す津之國屋一味、神妙に致せ！」

という声が響き渡り、捕物の気配が蔵の前まで伝わってきた。

「兄者、これはどうしたことだ」

「よし、こやつを叩き斬って兄上を誘い、逃げ出すぞ」

「よかろう」

兄弟武芸者らは阿吽《あうん》の呼吸で戦いの態勢を整えた。

「小籐次、わしが許す。その者どもを成敗致せ」

信州松野藩松平家三男坊の凜《りん》とした声が蔵の戸口から響いた。

一瞬、三郎助が保雅に視線をやった。

「承った」

小篠次の懐手が抜き出されると、古裂に包まれた参造の刀の切っ先が虚空を飛んで、風圧に裂が落ち、切っ先だけが三郎助の喉元に吸い込まれるように突き立った。

げえぇっ！

と悲鳴を上げて倒れ伏す末弟に次郎吉が、

「おのれ、やりおったな」

と剣を抜きざま、小篠次を押し潰すように脳天へと叩き付けてきた。

小篠次は刃風を頭の上に感じながら背を丸めて飛び込み、無銘伝青江一尺九寸七分を鞘走らせると、次郎吉の胴から胸部を斬り上げていた。

おおっ
と保雅が歓喜の声を洩らしたとき、小篠次の口から、

「来島水軍流流れ胴斬り」

と言う言葉が洩れた。

小籐次の眼の端に南町奉行所の御用提灯が見えた。

「若様、われら、そろそろ退《ひ》けどきにござる」

「娘らはどうする」

「もはや奉行所に任せればよろしかろう」

「いかにもさよう」

「新八、娘らに奉行所の助けが入ったと言い聞かせ、蔵の中から出て参れ」

「どうするのだ」

「奉行所の手が入った。津之國屋の始末も娘らの処遇も任せればよかろう。われらがこの場で捕まると厄介じゃぞ」

「合点だ」

光之丈らが蔵から飛び出してきた。

血ぶりをした小籐次は青江の一剣を鞘に戻しながら、

「若様、竹林を突っ切って、大和横丁瑞聖寺で落ち合いましょうぞ」

と小籐次らは竹林に駆け込んでいった。

一刻半後、夏の朝が白み始めた。

瑞聖寺の境内に大和小路若衆組の面々が待ち受けていたが、新八の姿だけが未だ見えなかった。

「あいつ、奉行所の手に捕縛されたか」

「とすると厄介だぞ。あいつは口が軽いからな、われらのことをぺらぺら喋るぞ」

と最前から何度目か、光之丈と加助が言い合った。

「若様、われらが放埒な日々も終わったと思われませぬか」

小籐次が言い出した。その腰には籐巻の短刀がいつものようにあった。

「そうじゃな。わしもそろそろ婿の口でも探してもらおうか」

「それがようでござる」

二人の脳裏に御嶽五郎右衛門の言葉が浮かんだ。

「小籐次、慈妙寺助三郎らの悪巧みや藩の内紛は、隠居の五郎右衛門に任せればよいな」

「われらの関知すべきことではございますまい。若様、もはや、われらが集うこともありますまい」

「そうじゃな。大人にならんとな」

　保雅が答えたとき、新八がのっそりと姿を見せた。

「遅かったな、新八」

　吉次が詰問した。

「始末を見ておったのだ」

「津之國屋一味は捕まったか」

「加助、品川じゅうの津之國屋の関わりがある家屋敷に、南町奉行所ばかりか、他の役所の面々と合同で捕物に入ったようで、品川じゅうが大騒ぎよ」

「新八、われらの関知せぬことだ」

　小籐次が言い放った。

「南町奉行に白髪の老人が従ってな、ほれ、若様の家中の腹黒鼠の慈妙寺助三郎を縄にかけておったぞ」

「忘れるのだ」

「それでいいのか」

「われらの集いも今朝が最後」

と小篠次が宣告した。一同が頷き、

「とうとう一文も稼ぐことができなんだな」

と加助が力なく呟いた。

「加助、すまぬ」

と保雅が詫びた。

「若様に当てつけに言ったんじゃないぞ」

「分かっておる」

と答えた若様の声が哀しく響いた。

小篠次の目が新八にいった。

「新八、懐のものを出さぬか」

「懐のものってなんだ。おまえに貰ったあの二両か」

「そうではない。そなたが三郎助の腰にぶら下がっておった巾着に目を付けていたのを知らいでか」

「こ、小篠次、そのようなことは」

「あやつの腰から巾着を奪ってこなかったと言うか」

「いや、おれがそんなことをするものか」

と返事が弱々しくなった。

「いくら入っておった」

小篠次に睨まれた新八が、

「小篠次の千里眼め」

と叫ぶと懐から巾着を皆の前に放り出した。

「あの兄弟二人合わせて三十七両二分、持っておったわ」

おおっ！

吉次が喜色を上げた。

「小篠次、どうする気だ」

と若様が訊いた。

小篠次は懐に残った二分余りを巾着の脇に投げた。

「新八、おれが与えた二両を足せば四十両の金子になる。七人で等分に分ければ、一人頭五両三分ほどになる」

「小篠次、おれの気転で得た金子だぞ」

「そなただけ得をしようというのか。仲間甲斐がないのう」

「く、くそっ、好きなようにせえ」

「よし、吉次、七等分にせよ」

巾着の紐が緩められ、ざらざらと小判が朝の光に眩《まぶ》しく輝いた。

「五両三分なんて大金、懐にしたことがないぞ」

と光之丈が嬉しそうに呟いた。

「その金子を持って雑司ヶ谷村野鍛冶の後家のもとに婿に入れ」

「小籐次、そうするぞ」

「それがよい」

と答えながら、小籐次は、

(親父には絶対真剣勝負を経験したなど話せぬ)

それにしても
(折檻は厳しかろうな)

と考えていた。

◆特別付録◆

「酔いどれ小籐次留書」ガイドブック

登場人物一覧から著者秘蔵の創作こぼれ話まで、人気シリーズが二倍、三倍に楽しめる情報を満載。

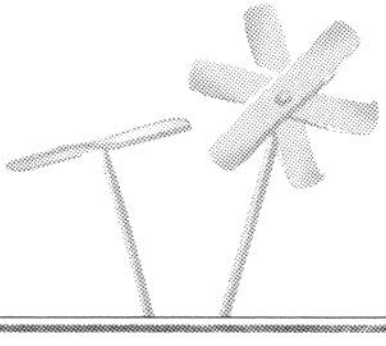

主要登場人物一覧

小籐次が邂逅した
心温まる人たちや刺客などの横顔を紹介。

豊後森藩関連

◎丸囲み数字は初登場の巻数。

◆**赤目小籐次**

元豊後《ぶんご》森藩（一万二千石）江戸下屋敷の厩番《うまやばん》。主君・久留島通嘉《くるしまみちひろ》が江戸城中で讃岐《さぬき》丸亀藩、播州赤穂《あこう》藩、豊後臼杵《うすき》藩、肥前小城《おぎ》藩の藩主たちに辱《はずかし》めを受けたことを聞き、主君の仇を討つことを決意。脱藩して四藩の行列を次々に襲い、行列先頭の御鑓《おやり》を奪い取る（御鑓拝借事件）。小籐次の名前はこの事件を契機に江都に鳴り響き、江戸の人気者となるが、以後、数多くの刺客に襲われる。五尺一寸（約一五三センチ）の矮軀《わいく》ながら父・伊蔵《いぞう》に仕込まれた先祖伝来の来島《くるしま》水軍流の達人で、大酒飲み。酒を覚えたのは三十二歳。父親の弔いの席で飲んだ酒がきっかけだった。大顔、禿《は》げ上がった額、大目玉、団子鼻、大耳。笑うと愛嬌あり。御鑓拝借事件の時点で四十九歳だった。①

◆**赤目伊蔵**

小籐次の父。十八歳で豊後森から参勤に従って江戸屋敷に出向き、そのまま居残る。勝手女中のさいと所帯を持ち、二年後に小籐次が生まれた。小籐次が五歳になったころから藩江戸下屋敷の三島宮の森に連れ出し、来島水軍流の剣術を徹底的に五体に覚えこませた。小籐次が三十二歳のときに死去。赤目家は伊予来島以来、久留島家に代々忠勤を励んできた下士の家柄。①

◆**さい**

小籐次の母。小籐次を産んですぐ、産褥《さんじょく》熱に侵され、小籐次の成長を見ることなく亡くなる。①

◆**赤目駿太郎**

小籐次を葬るために播州赤穂藩の中老、新渡戸《にとべ》白堂が雇った刺客、須藤平八郎の一子。誕生日は文化十五年戊寅睦月朔日《むつきついたち》（文化十五年は四月二十二日に文政元年に改元）。⑥

◆**高堂伍平**

豊後森藩の江戸下屋敷用人。小籐次の口うるさい上司だが、旧主家では数少ない、小籐次の支持者の一人。御鑓拝借騒動における小籐次の活躍にひそかに快哉《かいさい》を覚える。①

◆**久留島通同《みちとも》**

豊後森藩七代目藩主。下屋敷から上屋敷に使いに出された小籐次が女衆の出してくれた酒を飲んで酔ったのを咎《とが》められ、江戸家老に手討ちにあいそうになったところを、「待ちくたびれてつい一口飲んだのであろう、許して使わせ」と救った。以後、小籐次は藩主への忠勤により励む。①

◆**久留島通嘉《みちひろ》**

豊後森藩八代目藩主。七代目藩主・通同の嫡男。豊後森藩が城を持たないことを理由に、江戸城中で他藩の藩主たちに辱めを受けた際、その悔しさを「通嘉も一国の主なれば居城がほしいのう」という言葉とともに、忍び泣きしながら小籐次にもらす。それがきっかけとなり御鑓拝借事件へと発展。①

◆**赤兎目《せきとめ》、清高、若泉**

小籐次が豊後森藩江戸下屋敷で世話をしていた馬たち。①

◆**糸魚川寛五郎**

豊後森藩江戸留守居役。昼行灯《ひるあんどん》と呼ばれ、赤穂藩の古田寿三郎らから御鑓拝借の「犯人」が小籐次と聞かされ、驚愕《きょうがく》する。①

小籐次が暮らす新兵衛長屋の人々

◆勝五郎

小籐次の隣人。読売屋の下請け版木職人。小籐次から数々の読売ネタをもらう。一人息子の保吉は寺子屋通い。女房はおきみ。②

◆久平

小籐次の隣人。左官職人。女房はおかつ。小籐次と最初に挨拶《あいさつ》を交わした長屋の住人。②

◆新兵衛

新兵衛長屋の大家。認知症を患い、娘のお麻一家に面倒を見てもらうようになる。②

◆お麻

新兵衛の娘。新兵衛が認知症を患ったため、長屋の差配《さはい》を務めるようになる。夫の桂三郎は飾り職人。一人娘・お夕は駿太郎の良き姉のような存在。④

小籐次を支える久慈屋関係の人々

◆**久慈屋《くじや》昌右衛門**

江戸芝口橋近くの紙問屋久慈屋の主。箱根の湯治で山賊に襲われたところを小籐次に救われる。その後、小籐次を物心ともに支えるパトロンとなる。内儀はお楽。①

◆**やえ**

昌右衛門の一人娘。番頭の浩介を婿《むこ》に迎え入れることになっている。①

◆**浩介**

久慈屋の番頭。久慈屋の娘おやえの婿となることが決まっている。久慈屋の次代をになう存在。①

◆**観右衛門**

久慈屋の大番頭。昌右衛門の縁戚。昌右衛門とともに小籐次の強力な庇護者となる。②

◆**おまつ**
久慈屋の女中頭。小籐次にいつも酒とご飯をふるまってくれる。②

◆**国三**
久慈屋の小僧。小籐次の手足となって活躍するが、仕事上の失態で、久慈屋本家での奉公やり直しを命じられる。②

◆**喜多造**
久慈屋の荷運び頭。職人気質《かたぎ》を持つ船頭で、小籐次とも話がよくあう。⑫

◆**梅吉**
国三の代わりに、新たに雇われることになる小僧。⑬

◆**細貝忠左衛門**
紙漉《す》きの元締めを代々務める家柄・細貝家の当主。細貝家は久慈屋の本家に当たる。細貝家の差配で生産される西野内村の西ノ内和紙を久慈屋が江戸で売り捌《さば》くという車の両輪の役割を果たす。④

◆**角次**
久慈屋本家で西ノ内和紙の紙漉きを束ねる職人頭。小籐次に紙漉きや西ノ内和紙の知識を教える。④

小籐次をめぐる女性たち

◆**おりょう**
旗本五千七百石、水野監物《けんもつ》家の女中。おりょうが十六歳の折にすれ違った小籐次が一目惚《ぼ》れし、以来、唯一の思慕の人となる。①

◆**うづ**
深川蛤河岸を根拠地に、舟に野菜を積んで商う百姓舟を営む娘。平井村在住。小籐次の商売の師匠であり、娘のような存在ともなる。②

◆**おしん**
老中青山忠裕《ただやす》の子飼いのお庭番。大名家や旗本家に関する情報が必要になるたび小籐次に貴重なアドバイスを送る。西洋短筒を武器とする。③

◆**清琴**《すがこと》

吉原の押しも押されもせぬ太夫。小籐次考案の「ほの明かり久慈行灯」も、清琴太夫のアドバイスで成熟。小籐次を密《ひそ》かに男の中の男と慕う。③

御鎧拝借事件の主要関係者

◆**黒崎小弥太**
讃岐丸亀藩道中目付《めつけ》支配下。小籐次と藩の間を繋《つな》ぐ窓口となる。①

◆**古田寿三郎**
赤穂藩御先組番頭。東軍新当流免許皆伝の遣い手。小籐次との間に不思議な友情が芽生えていく。①

◆**村瀬朝吉郎**
臼杵藩用人見習。小籐次を追ううち、その行動に親しみを覚えていく。①

◆**伊丹唐之丞**
小城藩江戸屋敷中小姓。御鎧拝借騒動のとき、他の三藩の家臣とともに小城藩を代表して小籐次から御鑓を返却させた。①

◆京極長門守《ながとのかみ》 高朗《たかあきら》

讃岐丸亀藩五万一千石六代目藩主。在職四十九年に及んだ父・高中の後を継ぎ、十四歳で藩主の座についた。文人派の藩主だが、若いだけに癇《かん》に走ることが多く、我儘《わがまま》な性格も有していた。小籐次のお鑓拝借の最初の犠牲者となる。①

◆森忠敬《ただよし》

二万石の播州赤穂藩藩主。二十歳。讃岐丸亀藩・京極高朗、肥前小城藩・鍋島直尭《なおたか》、豊後臼杵藩・稲葉雍通《てるみち》とともに、久留島通嘉をからかったために、御鑓拝借されてしまう。①

◆稲葉雍通《てるみち》

豊後臼杵藩五万石藩主。四十一歳。久留島家とは同じ伊予河野の水軍の出。関ヶ原の戦いで稲葉家は東軍に、久留島家は西軍について明暗を分けた。御鑓拝借のそもそもの原因は、稲葉が久留島通嘉を城なし大名とからかったから。①

◆鍋島直尭《なおたか》
肥前小城藩七万三千石藩主。十七歳。肥前小城藩は佐賀鍋島家三十七万石の支藩。小籐次に御鑓を拝借されたいきさつを水町蔵人から聞かされ、「久留島通嘉様はよき家来をお持ちかな」と素直に嘆息する。①

小籐次と協力しあう南町奉行所関連の人々

◆難波橋《なにわばし》の秀次
南町奉行所の御用聞き。小籐次と数々の事件の解決に協力しあう。②

◆おみね
難波橋の秀次の女房。⑪

◆磯崎華次郎
南町奉行所定廻り同心。秀次が鑑札を受けている旦那にあたる。近藤精兵衛の教育係も務める。③

◆**近藤精兵衛**

南町定廻り同心。登場したばかりの頃は父の後を継いだばかりだったが、磯崎の後を継ぎ、難波橋の秀次や小籐次とともに数々の事件を解決する。④

◆**五味達蔵**

南町奉行所与力で近藤精兵衛の上司。近藤とともに「一首千両」捜査の陣頭指揮をとる。④

◆**信吉**

難波橋の秀次の手下。③

◆**秀次のその他の手下**

信吉を兄貴分に、銀太郎、大次郎がいる。

◆**長五郎親分**

三笠町の御用聞き。人格者として評判が高い。遠州屋一味と小籐次との闘いで、小籐次に協力する。⑩

◆**勘公**

長五郎親分の手下。⑩

◆**岡田考庵**

検視医も務める町医者。⑬

◆**千住の源五郎親分**

千住宿の岡っ引き。本業は石屋。石源の親分と呼ばれている。④

小籐次を庇護する有力者たち

◆**水野監物**

五千七百石の直参旗本。大御番頭。おりょうの主人。第三巻『寄残花恋』では大御番頭の同僚・岡部長貴から、武術の心得のないことを絡まれ、岡部と勝負をしなければならなくなるが、おりょうに依頼された小籐次が代わりに岡部と対決。小籐次に危難を救われる。③

◆**青山下野守《しもつけのかみ》　忠裕《ただやす》**

丹波篠山《ささやま》藩六万石の譜代大名で老中。奏者番、大坂城代、所司代、老中と要

職を歴任、在府三十年間、国許《くにもと》に一度も帰らなかった。おしんの主君。③

◆**西東正継**

芝神明大宮司であると同時に幕府の御連歌師も務める。芝神明の「だらだら祭」で、大宮司が十字を切って悪魔祓《ばら》いをする宝剣・雨斬丸をめぐる事件の解決に協力した小籐次に名刀・孫六兼元を譲る。⑤

◆**水戸斉修《なりのぶ》**

当代の水戸藩主。小籐次の水戸藩への貢献を認め、御鑓四家と小籐次との間に入って、仲裁役なども務める。④

◆**五代目岩井半四郎《いわいはんしろう》**

眼千両と謳《うた》われた当代一の立女形《たておやま》。小籐次を気に入り、芝居に誘う。その日の舞台は「眼千両と一首千両の共演」と騒がれる。⑩

◆**北村舜藍《しゅんあい》、お紅**

北村おりょうの両親。北村家は若年寄支配下の御歌学者北村季吟《きぎん》の分家の家系で石高はわずか百七十五石。季吟の体が弱く、実質的に舜藍が幕府御歌学者の役目を務めているため、内所は豊か。⑬

◆三河蔦屋染左衛門《みかわつたや》
徳川家康の江戸入りに三河から付いてきた由緒ある家柄。深川界隈の酒の卸業を一手に引き受ける名家。かつては深川惣名主《そうなぬし》を務めていた。現当主は十二代目染左衛門。十三代目を継ぐ藤四郎一家が誘拐事件に巻き込まれたとき、小籐次に救出を依頼。それ以後、深い信頼関係が結ばれる。⑬

研ぎ師・小籐次のお得意さんたち

◆おさき
門前町の老舗《しにせ》魚料理屋歌仙楼の女将《おかみ》。②

◆五郎八
歌仙楼の亭主。美人局《つつもたせ》に引っかかり、歌仙楼を乗っ取られそうになるも、小籐次の働きで難を逃れる。③

◆美造
竹藪蕎麦《たけやぶそば》の亭主。小籐次の研ぎ師としての腕に惚れ込み、仕事を出すようになる。②

◆縞太郎
竹藪蕎麦の亭主美造の息子だが、実の息子ではない。一時グレて家出するが、小籐次の取りなしで美造と和解。家業を継ぐ決意をする。野菜売りのうづの幼なじみ。⑨

◆おはる
美造の妻。縞太郎はおはるの連れ子。⑨

◆おきょう
竹藪蕎麦の嫁。女郎の境涯から救ってくれた縞太郎と結ばれる。源氏名は「おはま」⑨

◆備前屋梅五郎
浅草寺御用達畳職備前屋の親方。小籐次の研ぎ師としての腕に惚れ込み、いち早く研ぎの仕事をくれるようになる。②

◆**神太郎**

梅五郎の跡継ぎ息子。畳職人。②

◆**万作**

黒江町八幡橋際の曲物師《わげもの》。備前屋梅五郎などとともに、研ぎ師としての小籐次の上得意。③

◆**太郎吉**

曲物師・万作の倅《せがれ》。初登場したときは十五歳だったが、やがてうづと結婚することに。⑤

◆**おその**

曲物師・万作の女房。⑩

◆**菊蔵**

久慈屋の北隣の足袋《たび》問屋京屋喜平の番頭。小籐次の研ぎを気に入り、仕事を出してくれるようになる。⑤

◆**円太郎**

足袋問屋京屋喜平の職人頭。小籐次の研ぎの腕に驚愕し、仕事を出すとともに、皮革製の足袋を小籐次のために用意する。⑤

◆**根岸屋安兵衛**

名人気質の経師屋《きょうじや》。小籐次に定期的に研ぎ仕事を出してくれる上得意。⑤

◆**正五郎**

由緒ある包丁鍛冶屋「鍛冶正」の五代目主人。小籐次の腕を見込んで、研ぎの仕事を出してくれるようになる。⑫

◆**永次**

大手魚問屋「魚源」の五代目主人。小籐次の研ぎの腕に惚れ込み、新たな得意先になる。⑩

◆**留三郎**

魚源の職人。⑩

◆**おきく**

小籐次が初めて蛤河岸に行って研ぎの仕事を開業した日、うづの勧めで最初に客になってくれた長屋のおかみさん。②

◆**熊五郎**

棒手振りを生業とする豪快な兄さん。小籐次が蛤河岸で研ぎの店開きをしてから二日目にやってきて、小籐次の腕に驚嘆。包丁一本四十文のところを百文出してくれたばかりか、蛤河岸に集まるおかみさん連に「この熊五郎が胸を叩く仕事だ、研ぎが並みじゃあねえぜ」と大声で宣伝してくれた。それを契機におかみさん連の信用を得た。小籐次の隠れた恩人。②

小籐次と関係を深める水戸藩関連の人々

◆鞠姫《きくひめ》

水戸藩前之寄合二千五百三十石、久坂華栄の息女。街道荒しに襲われ、危ないところを小籐次に救われ、親しくなる。④

◆太田静太郎

水戸藩家老格・太田家の嫡男で、鞠姫の婚約者。眉目秀麗な人格者。④

◆**佐々主水《もんど》**
水戸藩町奉行。小籐次の古武士のような武者ぶりに好意を持つ。④

◆**竹中正蔵**
水戸藩目付。小籐次とともに藩の反乱分子を鎮圧する。④

◆**額賀草伯**
水戸家の御用絵師にして、水戸派絵師の最長老。小籐次の考案したほの明かり久慈行灯に絵を入れる。⑨

小籐次を応援する町場の協力者たち

◆**波蔵**
万八楼の番頭。主の八郎兵衛とともに小籐次の闘いに協力する。①

◆**おまん**
北品川の飯盛旅籠《はたご》富士見屋の女郎。御鑓拝借の途中で小籐次の傷の手当を手伝うとともに、酒の相手をする。①

◆甚兵衛
丹波川沿いの村の庄屋。小金井橋の激闘の後、小籐次をかくまう。③

◆孝吉
炭焼き。小籐次とおしんに一夜の宿を提供する。③

◆北原延世
甲府の本陣北原家の当主。造り酒屋北原家の当主も兼ねる。小籐次の人柄と酒の飲みっぷりを気に入り、本陣の長屋に泊まることを勧める。③

◆砥石商山城兵衛
南大工町の砥石商。小籐次が砥石を購入しにいくと、評判の小籐次であることを見抜き、仕入れ値で譲る。⑤

◆おさと
大工の勘太郎の女房。弟の捨吉を通じて小籐次から頼まれ、駿太郎に乳を分ける。その後も小籐次から頼まれ、しばしば駿太郎を預かる。⑦

◆**おせつ**
お麻が差配する別の長屋の住人。神輿《みこし》の飾りを作る職人の嫁で、赤ん坊（市太郎）が一人いる。駿太郎が貰《もら》い乳をする相手の一人。⑧
◆**伊豆助**
小籐次の隣家の版木職人勝五郎に仕事をおろしている版木屋の番頭。⑧
◆**空蔵**
読売の版元。「ほら蔵」という異名を持つ腕利きの文章家。⑧
◆**とみ**
豊後森藩に下働きで勤めていた女衆の一人。森藩の勤めを止《や》めて嫁に行き、上大崎村の庄屋の家で通いの女衆となるが、その庄屋の家で、昔なじみの小籐次と再会する。⑧
◆**草六**
とみの亭主。元とび職で今は遊び人だが、気がよく、小籐次に協力して、小籐次のための見張り小屋と、祭文《さいもん》高道とその一党がこもる砦《とりで》の森を破壊すべく、目黒川の上流に堰《せき》を築造する。⑧

◆**勘太郎**
大工。小籐次がときどき駿太郎を預けるおさとの亭主。⑩

◆**百助**
北村おりょうの住む望外川荘《ぼうがいせん》の下男。⑬

◆**中田新八**
老中・青山忠裕のお庭番。おしんの同僚。小籐次の良き協力者となる。③

◆**おあき**
三河蔦屋染左衛門の女衆。十七歳。成田山新勝寺へ行く道中で駿太郎の面倒を見る。危ないところを二人で逃げて、親しくなる。⑭

小籐次に牙を剝いた主な刺客たち・異形の敵

◆**浦賀弁蔵**
箱根の山賊。久慈屋昌右衛門一行を襲って小籐次に斬《き》られる。酔いどれ小籐次シリーズ最初の敵役。①

◆**第二巻『意地に候』で小籐次と死闘を演じ、討ち死にした十三人の刺客たち**

頭分・能見赤麻呂（十五歳）柳生新陰流目録、後見・能見十左衛門（四十六歳）鎌宝蔵院流槍術指南役、戸田求馬（二十九歳）戸田流剣術免許皆伝、能見一蔵（年齢不詳）棒術指南、鹿島陣五郎（三十三歳）柳生新陰流免許皆伝、浜岡笙兵衛（五十四歳）雪荷流弓術皆伝、篠田郁助（二十五歳）一刀流、酒井弁治（三十一歳）林崎流居合、打越角兵衛（四十歳）柳生新陰流＝能見五郎兵衛門下、内方伝次郎（二十九歳）柳生新陰流＝能見五郎兵衛門下、山中英輔（十九歳）柳生新陰流＝能見五郎兵衛門下、御手洗菊次郎（二十七歳）八幡流免許皆伝、小阪半八（二十三歳）八幡流目録。②

◆**長倉若狭守実高**

旗本四千三百石。老中青山下野守忠裕の推挙で甲府勤番支配につくと、無許可で遊里を造り、私腹を肥やす。小籐次の活躍で捕縛され、評定所の裁きにより お家改易《かいえき》、本人は切腹となる。③

◆**副嶋勢源**

佐賀藩剣術師範。タイ捨《しゃ》流。追腹組。返り討ちにあう。③

◆**村上平内俊貫《へいないとしつら》**
円明流の遣い手。小籐次の首に千両が賭《か》けられた『一首千両』事件で一番籤《くじ》となった刺客。麹町で円明流の道場を開く剣客。娘の嫁入り資金を稼ぐため小籐次に対峙《たいじ》するも、返り討ちにあう。③

◆**立田修理太夫**
肥前鍋島家長柄槍組足軽組頭、心形刀流師範。追腹組の刺客の頭目として、小籐次を早舟で待ち伏せるも、水中に投げ出されたうえに喉首《のどくび》を刺し貫かれる（来島水軍流脇剣五の手、水中串刺し）。④

◆**佃埜一円入道定道**
信抜流の遣い手。小籐次を倒せば召抱えるという某大名家の命令で小籐次の身辺を徘徊《はいかい》。小籐次を追って高尾山にまで出没。小籐次が高尾山の研ぎ場で研ぎを行っていた孫六兼元を盗み出すなどの挑発を繰り返す。⑤

◆**間宮林蔵**
幕府蝦夷地《えぞち》御用雇として北方を探検し、間宮海峡を発見。水戸藩に幕府密偵として潜入した際、小籐次と敵味方の定かでない微妙な関係に陥る。⑥

◆**大全寅太**

水戸藩の過激派「精進一派」に雇われた剣客。金剛流免許皆伝を自称。精進唯之輔の命令で間宮林蔵を襲い、生け捕りにするも、最後には林蔵を救いにきた小籐次に斬られる。⑥

◆**須藤平八郎光寿**

丹波篠山藩青山家の馬廻り役百三十石、新陰流の免許皆伝。赤穂藩の新渡戸白堂が雇った刺客だが、なぜか子連れで現れる。勝負に敗れた際は赤ん坊（駿太郎）の世話を頼みたいと事前に小籐次に願い、受け入れられる。⑥

◆**小出お英**

駿太郎の母。丹波篠山藩の藩主にして老中の青山忠裕の遠縁にあたる名門の娘。小出家の意向で藩主忠裕の側室にさせられる計画が進められようとしていたが、馬廻り役須藤平八郎と恋に落ち、駿太郎を産む。後に駿太郎を取り戻すために陰謀を巡らすが、小籐次に阻まれる。⑦

◆**一之谷妙照寺一党**

小籐次暗殺のため、追腹四家に雇われた佐渡の異能集団。⑦

◆畠山　頼近《はたけやまよりちか》

高家《こうけ》肝煎《きもいり》の畠山家の主を偽称、水野監物におりょうとの婚儀を申し入れる。馬上太刀四方流の達人。配下に山城祭文《やましろさいもん》衆という奇怪な集団がいる。⑧

◆泉蔵

久慈屋の三番番頭。自分の才気を過信し、久慈屋への婿入りを夢見るようになる。手代の浩介が自分を差し置いて久慈屋に婿入りする話が出たときに錯乱。刺客を雇って襲わせる暴挙に出る。⑨

◆早乙女吉之助

直参旗本三百七十石の当主で、幕府勘定奉行金座方を代々世襲してきたがお家取り潰《つぶ》しにあい、金座破りを企てる。一味を率いて小籐次に勝負を挑むが、来島水軍流流れ胴斬りで討たれる。⑨

◆京極房之助

直参旗本の子弟でありながら、女装した上、松田屋で盗みを働き、小籐次に取り押さえられる。その後、奉行所を脱走し、陰間芝居の小屋に潜んでいたところを小籐次に見つかり、勝負を挑む。柳生新陰流の遣い手。⑩

◆**北堀五郎兵衛**

小城藩藩主・鍋島直尭の分家筋で、藩主の後見役も務める鍋島直篤の命令で偽小籐次を演じ、悪事を重ねる。天真円光流の剣客。⑪

◆**蔦村三郎助**

三河蔦屋蔦村家の本家の頭領。伊賀蔦村流の武術を今に伝える。江戸に出て身代を大きくした分家を乗っ取るべく、十三代目の一家を誘拐。三河蔦屋染左衛門に事件解決を依頼された小籐次と闘うことになる。⑬

◆**波津造**

代々木村の漆問屋の手代。人妻になった主の娘に妄念を燃やし主を殺害。主の娘を誘拐しようとする。足腰が強く、驚異的な跳躍力の持ち主。⑭

酔いどれ小籐次 トリビア集 1

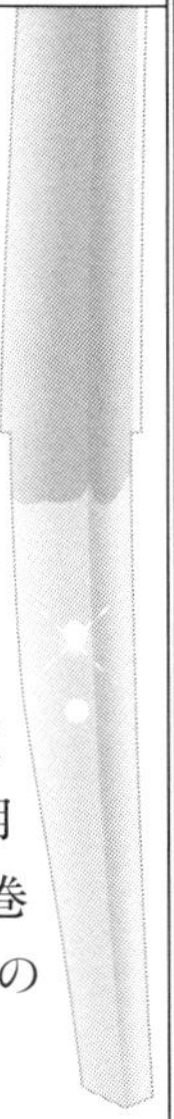

小籐次の剣技を支える愛刀。
その出自とは

◆ **備中国次直《びっちゅうのくにつぐなお》**（先祖伝来の大刀）

　刃長二尺一寸三分。備中守次直は南北朝時代の名刀工。明るく冴えた地刃、刃文は直刃か華やかな逆丁子刃。戦国時代に先祖が戦場で盗んだ物と小籐次は推測する。

◆ **長曾根虎徹《ながそねこてつ》**（敵から頂戴した脇差）

　刃長一尺六寸七分。長曾根虎徹（入道興里《おきさと》）は江戸初期の刀工。大名たちが愛用した逸品揃い。13人の刺客との激闘（第二巻『意地に候』）で脇差を失った小籐次は、次の刺客の虎徹を「生きるために頂戴」する。

◆ **孫六兼元**（事件解決の礼に貰った名刀）

　刃長二尺二寸一分。美濃鍛冶の雄・孫六兼元（初代・室町時代）の鍛えた大刀。杉木立が嵐に揺れるような刃文から三本杉と呼ばれ、古刀最上作・最上大業物と称される。芝神明社宮司・西東正継から事件解決の御礼（第五巻『孫六兼元』）として貰う。

作品解説

『御鑓拝借』から『冬日淡々』まで
全十四巻の読みどころを網羅。

——細谷正充（文芸評論家）

第一巻

御鑓拝借《おやりはいしゃく》

豊後《ぶんご》森藩下屋敷の厩番《うまやばん》・赤目小籐次は、柳橋の万八楼で開かれた大酒の催しで、一斗五升を飲み干し、見事二位になった。しかし、これが原因で藩主・久留島通嘉《くるしまみちひろ》の参勤下番《かばん》の見送りを欠き、奉公を解かれてしまう。——とは、表向きの話。小籐次はある目的のために、あえて藩を離れたのである。その目的とは、通嘉が江戸城の詰之間で同席した、四人の藩主から受けた辱《はずかし》めを雪《すす》ぐこと。一万二千石の豊後森藩は城なし大名であり、通嘉は、そのことを嘲笑愚弄されたのだ。

かつて前藩主に命を助けられた恩のある小籐次は、通嘉の苦渋に満ちた心中を知るや、敢然と立ち上がる。父より受け継いだ来島《くるしま》水軍流の剣をふるい、四藩の大名行列を襲って、御鑓先を切り落とそうと決意したのだ。かくして四藩

を相手にした小籐次の、痛快な活躍が始まる。

文庫書き下ろし時代小説作家として絶大な人気を誇っていた佐伯泰英が、二〇〇四年に生み出した主人公は、実にユニークな人物であった。赤目小籐次。初登場の時点で、四十九歳の初老の男である。豊後森藩の厩番で、給金は三両一人扶持《ぶち》。親もなく妻子もない、孤独な身の上だ。酒好きで、飲めば底なし。さらに五尺一寸（約一五三センチ）の矮軀《わいく》、禿げ上がった額に大目玉、団子鼻、大きな両耳が、小籐次を一層貧相に見せていた。どこをとっても、まったくヒーローらしくないのである。

だがこの男、ただ者ではなかった。藩主の受けた辱めを知るや、ただひとりで意趣返しに出る、果断な性格。大名行列を襲って、御鑓先を拝借するという、とんでもない発想。そして父より伝えられた一子相伝の秘剣・来島水軍流の技の冴《さ》え。天下に四藩の恥を晒《さら》すため、あえて不利な状況をいとわず、満身創痍になっても大名行列を襲撃する小籐次は、なにもかもが桁外れ。一剣で四藩をキリキリ舞いさせる様が、痛快きわまりないのである。そして小籐次の孤戦を読み続けているうちに、貧相な初老の男の姿が、大きな魅力を放ってくるのだ。

第二巻

意地に候《いじにそうろう》

文化十四年（一八一七）の晩春から初夏にかけて、東海道から江戸を騒がせた〝御鑓拝借〟の一件は終わりを告げた。事を引き起こした赤目小籐次は、前作で知り合った江戸屈指の紙問屋・久慈屋《くじや》昌右衛門の世話により、芝口新町の新兵衛長屋に落ち着く。父より教わった刀研ぎを生かし、研ぎ屋を始めた小籐次の第二の人生は、まずまずの滑り出し。深川で商売のコツを教えてくれた野菜売りのうづの危難を解決したり、長年ひそかに憧れていた大身旗本の水野家の奥女中・おりょうの危地を救ったりと、幾つかの騒ぎにかかわったものの、小籐次本人は市井《しせい》で静かに暮らしていくつもりであった。

だが、先の騒動で命を落とした者の遺族や関係者たちは収まらない。小城《おぎ》藩の剣術指南役だった能見五郎兵衛の一族十三人が、ひそかに江戸に入り、小籐次を狙っているとの情報が入った。また、赤穂藩大目付《おおめつけ》の実弟と従兄弟《いとこ》の四人が、小籐次を襲う。争いは好まぬが、降りかかる火の粉は払わねばならぬ。能見一族の魔手が、おりょうにまで及びそうになったとき、決然、小籐次は死闘の場に赴くのだった。

『御鑓拝借』はプロローグであり、ここからがシリーズの本番。久慈屋昌右衛門と、久慈屋の人々。野菜売りのうづと、深川の住人。新兵衛長屋の面々。小籐次の永遠のマドンナである、おりょう。久慈屋とも親しい岡っ引きの、難波《なにわ》橋《ばし》の秀次親分……。今後のシリーズを豊かに彩る、レギュラー、準レギュラーが、本書で一気に登場。彼らと温かい交誼《こうぎ》を結ぶ一方、次々と起こる事件と、過去の因縁に小籐次が立ち向かうという、シリーズの基本的なスタイルが、本書で確立されているのである。

そしてシリーズの目玉であるチャンバラは、早くもひとつの頂点を迎えた。小金井橋で繰り広げられる、小籐次と能見一族十三人の死闘。真正面から運命を受け入れ、ズタボロになりながら斬《き》り合いを続ける小籐次の闘いに、ひいては生き方そのものに、心が熱く震えるのである。

第三巻

寄残花恋《のこりはなよするこい》

小金井橋で能見一族十三人と死闘を繰り広げ、からくも勝利した赤目小籐次。満身創痍のところを、さらなる刺客に襲われた彼は、怪我《けが》を治すべく甲府を目指した。しかし幕府の女密偵・おしんと道連れになったことで、小籐次は甲府に巣食う巨悪に挑むことになる。

その一件を解決した小籐次は、どこに居ても命を狙われるのは一緒と悟り、江戸の新兵衛長屋に舞い戻った。懐かしい人々との再会に、心が温まる。しかし鍋島四家の間で、小籐次を倒すべく〝追腹組〟なる暗殺団が結成されていた。小籐次に新たな危機が迫る……。

シリーズ第三弾となる本書は、甲府篇と江戸篇の二部構成となっている。前半、甲府に向かった小籐次が、幕府の女密偵に協力して悪党退治をする展開に、

ビックリした人も多いだろう。読者の予想を裏切り、期待を裏切らないのはエンタテインメントの要諦だが、それがこの甲府篇で実行されている。

もちろん、江戸に戻ってからも、面白さは抜群だ。『御鑓拝借』から始まった騒動はまだ尾を引き、鍋島四家の間で秘密裡に組織された〝追腹組〟が、小籐次の命を狙ってくるのだ。いつ果てるとも知れない闘いの連鎖に身を投じる小籐次の姿は、切なくも格好いい。なお、本書の中にある、

「小籐次は主君久留島通嘉《くるしまみちひろ》の無念を晴らすために永年仕えた森藩を脱藩した。そのとき、市井《しせい》にひっそりと独りで生きていく覚悟をした。だが、江戸の片隅で長屋暮らしをしてみると、大勢の他人の親切を受け、助けられていることを実感した。

それが小籐次の孤戦を支えていた」

という一文は、本シリーズの特色を見事に表現している。たしかに小籐次がふるうのは、孤独な修羅の剣である。しかし、そんな彼は市井の人々の情けに助けられているのだ。かけ離れた、ふたつのサムシングが、赤目小籐次を通じて併存する。ここにシリーズの独自の魅力が屹立《きつりつ》しているのである。

第四巻

一首千両《ひとくびせんりょう》

文化十五年（一八一八）、五十歳になった赤目小籐次は、流人《るにん》船から逃げ出した赤馬の千太郎を拾ったことで、元旦早々から事件に巻き込まれる。これを皮切りに、彼の周囲には騒動が絶えない。まずは、江戸の分限者《ぶげんしゃ》たちが金を出し合い、小籐次を千両の賞金首にしたことが発覚。武名の上がった小籐次の命を的にした、悪質な遊びである。これにより、追腹組との闘いが続くのに加え、次々と襲い来る刺客との斬り合いも余儀なくされるのであった。また、西ノ内和紙の仕入れのために水戸領内へ向かう、久慈屋昌右衛門の旅に同行したところ、水戸藩ゆかりの鞠姫《きくひめ》と知り合いになった。婚礼間近な鞠姫のトラブルを解決し、さらには祝いの品として、水戸の竹と西ノ内和紙を使った行灯《あんどん》を作ってみた。そして、この行灯が切っかけとなり、小籐次は

水戸藩と深いかかわりを持つようになるのだった。

　常に作品に全力を投入する作者らしく、本書にも読みどころがぎっしりと詰まっている。赤馬の千太郎の一件。千両首となった小籐次を狙う、刺客との死闘。前作から続く追腹組との闘い。鞠姫を巡る騒動。主人公の異能ぶりを見せつける、ほの明かり久慈行灯の誕生……。読者を楽しませずにはいられないエンタテインメントに徹した姿勢が如実に現れた、嬉しい一冊なのである。

　そんな読みどころの中で、特に注目したいのが小籐次千両首の騒動だ。刺客を雇い、小籐次の命を狙わせるとは、金持ちの道楽にしても度が過ぎる。しかも一番手として襲ってきた村上平内《へいない》には、娘の幸せのために刺客を引き受けたという、やり切れない理由があった。まさに、人の命や尊厳を踏みにじる、愚劣きわまりない行為である。それだけに江戸の分限者たちの意図を挫《くじ》く、小籐次の来島水軍流が痛快なのだ。

　思えば初登場の時点から、権力の傲慢に立ち向かった小籐次は、いつでも弱い者、小さい者を命懸けで守ってきた。単に強いだけではない。この立場を貫いているからこそ彼は、江戸のヒーローたり得ているのだ。

第五巻

孫六兼元《まごろくかねもと》

シリーズ第五弾となる本書は、認知症になってしまった新兵衛長屋の元大家の新兵衛が、孫のお夕と遊んでいる場面から始まる。いうまでもなく、そんな新兵衛が大家を続けられるわけがない。新兵衛の娘夫婦が長屋に移り住み、娘のお麻が大家の仕事を引き受けている。しかし新兵衛は周囲に迷惑をかけ、お麻も馴《な》れない大家の仕事でもしくじりをしてしまう。小籐次は、そんなお麻を見守り、優しい言葉をかける。なぜなら、たくさんの人々の情けに支えられて孤戦の日々を生きる彼は、その恩返しをしなければと心の裡《うち》に誓い、困っている人に手を差し伸べずにはいられないのである。

そんな小籐次が、次々と騒動に巻き込まれるのは、ある意味、当然といえよう。本書でも、芝神明で起きた陰間《かげま》殺しの一件で、凶器となった宝剣雨斬丸の行方を追ったかと思えば、国光の名刀を巡る事件を解決したりと、江戸を東奔西走する。さらには、逆恨みで襲ってきた道場に乗り込んだり、甲府勤番となった無頼旗本を退治したり、水戸藩お声がかりの〝ほの明かり久慈行灯〟を試作したりと、腰を落ち着ける暇もない。江戸の名物男になった小籐次の、八面《はちめん》六臂《ろっぴ》の大活躍が、愉快痛快なのだ。

また、チャンバラでは、甲府勤番となった旗本との対決シーンが絶品。船上の剣として独特の技を持つ来島水軍流と、自身の矮軀を利用し、小籐次はよく斬り合いの中でアクロバティックな動きを見せる。それの究極形というべきか、相手の突き出した槍《やり》を利用して、とんでもないチャンバラを見せて、いや、魅《み》せてくれるのだ。もともと映像作家であった作者だけに、描写は視覚的。小籐次の超絶の動きが、一幅の絵として頭に浮かぶ。こういう場面に遭遇するたびに、本シリーズの映像化を、強く望んでしまうのである。

なお、宝剣雨斬丸の一件の御礼として小籐次は、関の孫六初代が鍛えた兼元を受け取る。赤目小籐次に名刀。これほど相応《ふさわ》しい褒賞はあるまい。愛用の豪刀・次直《つぐなお》に孫六兼元が加わり、彼の剣技は、ますます冴えわたる。

第六巻

騒乱前夜《そうらんぜんや》

シリーズ第六弾を迎えて、我らがヒーローは、ますます大忙し。久慈屋の女中・お花の関係した事件を解決した小籐次は、唯一の主君と思い定めた久留島通嘉との再会や、刺客との斬り合いを経て、水戸へ旅立つ。自ら創案した〝ほの明かり久慈行灯〟の作り方を指南するためであった。財政難の水戸藩は、これを藩の特産品にすべく、大きな期待をかけている。

水戸への船旅は、来島水軍の血を引く小籐次にとって、楽しいものであった。だが一方で、意外な同行者ができる。北方探検で有名な間宮林蔵だ。幕府の密偵とも噂される林蔵が、恩ある伊能忠敬の死後すぐに、水戸に向かう理由は何か。小籐次は、きな臭いものを感じる。また水戸の藩内では、定府の江戸家臣団と、水戸国派が対立していた。特に水戸国派の中の精進唯之輔が率いる常陸《ひたち》在郷派は、何事かを画策しているようだ。風雲急を告げる水戸で小籐次は、新たな争いに巻き込まれていく。

本書には、ちょっと面白い人物がゲスト出演している。蝦夷地《えぞち》を探検し、間宮海峡を発見した間宮林蔵だ。本シリーズは実在の人物が出てきても、物語の背景にいる場合が多い。しかし、この作品では林蔵が、ストーリーに深くかかわっている。また、林蔵の水戸行の目的に、日本地図を作ったことで知られる伊能忠敬の『大日本沿海輿地全図』が絡んでいる点も留意したい。このように実在の人物や物を組み込むことで、小籐次を始めとする市井の人々も、大きな歴史の流れの中で生きていることを実感させてくれるのである。時代色を強く打ち出した、異色の一冊といえよう。

江戸と水戸の話だけでお腹いっぱいだが、作者は最後の最後に、驚愕《きょうがく》のサプライズを用意している。いやはや、この幕切れは巧《うま》すぎる。すぐさま次巻を手に取り、小籐次がどうなったか、確かめずにはいられないではないか！　読者が何を求めているかを熟知した、エンタテインメントのプロならではの小説作法が、このラストに込められているのだ。

第七巻

子育て侍《こそだてざむらい》

子連れの刺客・須藤平八郎を斃《たお》した赤目小籐次は、武士の約定《やくじょう》により、まだ赤ん坊の駿太郎を育てることになった。馴れないながらも、周囲の協力を得て、子育てに奮戦する小籐次。だが、駿太郎の出自を巡り、篠山《ささやま》藩の者たちが蠢《うごめ》きだした。さらにその動きにつられ〝四家追腹組〟まで、再度、小籐次の命を狙う。駿太郎の母親が江戸にいることを知った小籐次は、赤ん坊の幸せを考えながら、剣をふるうのであった。

五十歳を過ぎて浪々の生活をおくる赤目小籐次は、妻なく子なく、ひとり身の長屋暮らし。周囲の人々と温かな絆《きずな》を持つが、基本的には孤独な人間である。それだけに、前作『騒乱前夜』のラストを受けた、本書の急展開には驚いた。まさか、こんな手で、小籐次を父親にし、子育てをさせてしまうとは……。尽

きることなく、読者の興味を惹《ひ》くアイディアを繰り出してくる、作者の創造力には脱帽だ。

しかも駿太郎の存在が、物語を激しく動かす。しだいに明らかになる出生の秘密と、駿太郎の母親や祖父の行動。それが〃四家追腹組〃を刺激し、事態は錯綜《さくそう》する。駿太郎への愛着を覚えながら、赤ん坊の一番の幸せを求め、敢然と斬り合いに臨む小籐次を、応援せずにはいられない。

それだけでなく駿太郎の存在により、周囲の人々（特に女性陣）とさらなる絆を深めている点も見逃せない。深川の竹藪《たけやぶ》蕎麦《そば》で盗みを働いた捨吉の一件で、小籐次が捨吉の一家と親しくなったのも、駿太郎がいたればこそだ。駿太郎が加わることで、小籐次と人々の関係も、さらに深く広くなっているのである。

核家族化や地域社会の弱体化により、子育ての難しい時代だといわれるようになってから久しい。そんな日本の現状からすれば、周囲の善意に支えられた小籐次の子育ては、理想論にしか見えないだろう。だが、理想の中にこそ、求めるべき現実がある。少子化が重大な社会問題になっている今だからこそ、本書の指し示しているものに、注目したいのである。

第八巻

竜笛嫋々《りゅうてきじょうじょう》

大身旗本の水野監物家で奥女中をしているおりょうは、御歌学者・北村季吟《きぎん》の血筋を引く、聡明で美しい女性である。豊後森藩の下屋敷で厩番をしていた赤目小籐次は、おりょうが十六歳の頃に見かけ、以来、彼女のことを心の底で想い続けてきた。

といっても、立場も身分も違う。互いの屋敷が近かったこともあり、小籐次は年に一、二回、おりょうの姿を見かけるだけで満足していた。もちろんおりょうは、小籐次の存在すら知らないでいたのである。ところが、小籐次が第二の人生を踏み出してから、事態は変わった。おりょうの危難を救ったことで、知遇を得るようになったのだ。

そんな、おりょうに、縁談が持ち上がった。相手は、高家《こうけ》肝煎《きもいり》・畠山頼近《はたけやまよりちか》。

だが、おりょうは、頼近に怪しいものを感じ、小籐次に素性調査を依頼する。ところが小籐次が調査を進めている最中に、おりょうが失踪してしまった。やがて浮かび上がる、頼近の偽者疑惑。愛する女性を助けるため小籐次は、頼近たちが巣食う場末町へと向かう。

本書の特徴は、小籐次の永遠のマドンナであるおりょうが、大きくクローズアップされたところにある。親子ほども年齢が違うおりょうに一目惚《ぼ》れをしたものの、厩番という低い身分と貧相な風貌から恋心を打ち明けることもできず、ただひたすらに胸の裡《うち》で想い続ける。この愚直すぎる男の純情も、小籐次の人間的な魅力のひとつになっていることは、あらためていうまでもない。まことに愛すべき人物である。

そんな小籐次が、おりょうの危機に決然と立ち上がる。山城祭文衆《やましろさいもん》の企てや、それに対する幕府の思惑など、どうでもいい。唯一の願いは、おりょうを取り戻すこと。そのために全身全霊を傾け、死地に飛びこむのである。美姫のために一身を捧げた、孤高の騎士というべきか。無償の愛に燃える小籐次の姿に、こちらの心まで昂《たかぶ》ってくるのだ。

第九巻

春雷道中《しゅんらいどうちゅう》

江戸での事件や用事をかたづけた赤目小籐次は、久慈屋の面々と一緒に、水戸へと旅だった。〝ほの明かり久慈行灯〟の製作指南と、久慈屋の跡取り娘のおやえと手代の浩介の婚姻を本家に報告するためである。だが道中には風雲が渦巻く。ふたりの婚姻に不満を抱く、三番番頭の泉蔵が行方をくらまし、店の金を横領していたことが発覚した。しかも泉蔵は浪人者を連れて、一行に何事かを仕掛けんとしているようだ。さらに、御金座破りをした盗賊が水戸街道に逃げたらしく、役人や岡っ引きで騒然としている。どうやら小籐次の行く手には、今回も多事多難が待ち構えているようだ。

江戸の市井に生きる小籐次の世界は、常に広がっている。それは同時に、さまざまなしがらみが増えることでもある。たとえば冒頭で描かれた、竹藪蕎麦

の倅を巡る騒動はどうだ。深川で研ぎ仕事をしている小籐次は、いつしか竹藪蕎麦の主人夫婦と交遊を深めていた。それだけに竹藪蕎麦の危機は見逃せない。来島水軍流の腕前を使い、事態を収めるのである。

これは今回のメインである、ふたつの事件にもいえる。久慈屋の獅子身中の虫であった泉蔵の件に積極的になるのは、小籐次と久慈屋の付き合いを考えれば、当然のことであろう。また、盗賊の件は直接的な関係はないが、道中での因縁を経て、やはり対決を余儀なくされるのだ。〝ほの明かり久慈行灯〟の新たな工夫のために、いきなり吉原の花魁《おいらん》に会いに行ったのも、人々のために尽くしたいという想いがあってのことである。

だが、だからこそ小籐次の剣は光る。自分のためではない、誰かのための斬り合いが、爽やかな風を起こすのである。一陽来復ならぬ〝一剣来福〟。赤目小籐次の剣が、親しい人々に福を呼ぶのだ。

さらに、雄大幻想な霞ヶ浦を始め、街道筋の美景が点描されるのも、本書の嬉しいところ。小籐次たちの旅路を追いながら、江戸の旅情がたっぷりと楽しめるのである。

第十巻

薫風鯉幟《くんぷうこいのぼり》

水戸より戻った赤目小籐次は〝ほの明かり久慈行灯〟の創意工夫で世話になった、吉原の花魁・清琴《すがこと》を訪ねた。その帰り道、逃げてきた泥棒を捕まえたが、小籐次にとっては、さしたることではない。むしろ竹藪蕎麦の倅の祝言《しゅうげん》の仲人《なこうど》を頼まれたことのほうが、よっぽどの重大事だ。

しかし、そんな小籐次が真剣になる騒動が起きた。浪人生活の最初から世話になり、今では娘のように思っている野菜売りのうづが、意に染まぬ婚姻を迫られていたのだ。顔を見せなくなったうづを心配した小籐次は、無理無体を押し通そうとする外道《げどう》どもに、激しい怒りをぶつける。

この作品紹介は、キャラクターや物語世界の魅力を中心に書いているが、佐伯泰英はストーリーも巧みな作家である。まるでジャズのフリー・セッションのように自由奔放に執筆しているように見えて、本を閉じた後振り返ってみれば、すべてが収まるべき場所に収まっている。本書でいえば、鼈甲櫛笄《べっこうくしこうがい》の松田屋から櫛笄と金子《きんす》を盗んだ三人を捕えた場面。物語を読んでいるうちに忘れてしまう小さなエピソードだが、物語の終盤になって、意外な形で再燃するのだ。まったくもって見事な構成である。

作家ならば、これぐらいの小説技法は当たり前。だが、当たり前のことを、毎回毎回、きっちりと出来るからプロなのである。シリーズでお馴染みのうづを危地に陥らせ、ハラハラさせるサスペンス。彼女を狙う外道の、憎しみを掻き立てる設定。闘いの場で、思いもかけない人物が活躍する面白さ。どこを取っても、作者のプロの技法が、これでもかと詰め込まれているのである。

ついでにいえば、小籐次の周囲の人々が、繰り返し彼を褒めるのも、作者の手柄である。なぜなら読者は、自分の愛する主人公を、他人に褒められるのが、好きで好きで堪《たま》らないのだから。出し惜しみすることなく、ありとあらゆるテクニックを使い、読者をもてなす。本書で二桁の大台に乗ったシリーズだが、いつも新鮮な気持ちで読める理由は、ここにあるのだ。

第十一巻

偽小籐次《にせことうじ》

利殖に走った米会所《こめかいしょ》が取り潰《つぶ》され、その余波で町年寄《まちどしより》が自害した。米会所にかかわっていた大名家は、幕府の咎《とが》めを恐れて戦々恐々。なにやら落ち着きのない江戸の町だが、赤目小籐次の暮らしは変わらない。久慈屋の掛け取りの帰路、大河童《おおかっぱ》を装った強盗たちを退治したりと、相変わらずの活躍だ。

そんな折、市中に小籐次の偽者が出没した。自分の名前を利用しようとする小者と思い、捨ておこうとした小籐次。しかし、その正体が明らかになるにつれ、偽小籐次の行動がエスカレートする。罪なき者まで殺した偽者に、小籐次の怒りが爆発。ふたりの小籐次の、雌雄を決するときがきた。

シリーズ・ヒーロー物に欠かせない事件。それが偽者登場である。ヒーローが人気者になればなるほど、その名声にあやかろうと、あるいは失墜させようとして、偽者が現れることになる。ならば偽者の登場は、ヒーローの地位が確固たるものとして広く周知されたことの、証明ともいえるだろう。このような意味を持つ偽者が、ついに本書にも現れたのである。なるほど、巻を重ねて破邪顕正の剣をふるい続けた小籐次は、スーパー・ヒーローへと成長している。偽者のひとりも現れようというものだ。

しかも偽小籐次の裏では、『御鑓拝借』以来の因縁と、冒頭で示された米会所の一件が、微妙に絡み合っている。この設定が物語に奥行きを与えていることは、いうまでもあるまい。濃密なストーリーの上で繰り広げられる、小籐次と偽小籐次の対決に、酔いどれてしまうのである。

なお本書では、ついに小籐次とおりょうが結ばれるという、スペシャル・イベントも発生。ふたりの仲にやきもきしていた読者も、ほっと一安心である。とはいえ、鎌倉で開催された〝お歌合わせ〟を経て、おりょうが女流歌人として立つことを決意するなど、ふたりの行く手には、まだまだ波乱がありそうだ。このカップルがどうなるかも、今後のシリーズの大きな読みどころといえよう。

第十二巻

杜若艶姿《とじゃくあですがた》

市村座の人気役者・五代目岩井《いわい》半四郎《はんしろう》が登場したのは、シリーズ第十弾『薫風鯉幟』であった。ふとしたことから赤目小籐次を知った半四郎は、ことあるごとに小籐次を自分の芝居に誘っていた。それが本書で、いよいよ実現する。ちなみに五代目岩井半四郎は、実在の人物である。文化文政を代表する立女形《たておやま》であり、俗に〝杜若半四郎〟と呼ばれたそうな。

続発する幼女誘拐事件を解決したことが読売に書かれ、ただでさえ江都の注目を集めている小籐次。それが水野監物の妻の登季と、おりょうを連れて市村座に乗り込むというのだから、なんだかんだと喧《やかま》しい。おまけに小籐次が騒がれ過ぎたために、播州赤穂《あこう》藩の一部の陪臣が蠢動《しゅんどう》。ついには市村座の舞台で、来島水軍流の技が披露されるのだった。

岩井半四郎が「眼千両」の人気役者ならば、小籐次も千両首になったことがある。ふたりが邂逅《かいこう》する本書は、さしずめ『二人千両出会之一幕』といったところであろう。市村座の舞台に華を添える、小籐次の剣の舞。活字を通じてとはいえ、これを見物できる私たちは幸せ者だ。

その一方で、時間の経緯と共に変わっていくレギュラー陣の姿も本書のポイントになっている。三両一人扶持の厩番から、岩井半四郎と並び称される江戸の人気者になった小籐次の変化については、贅言は不要であろう。また、本書の冒頭でよちよち歩きを始めた駿太郎の成長は、なんとも嬉しい変化である。

とはいえ、人は良い方向にばかり変わるのではない。たとえば、久慈屋の小僧の国三だ。小籐次とも縁の深い、シリーズの顔馴染みである。ところが、顔馴染みから生まれた国三の甘え心が、本書で大失態を引き起こす。シリーズの愛読者ほど、ミスを犯した国三に対する、小籐次や久慈屋の扱いにショックを受けることだろう。しかし、厳しい処置は、本人のためである。どんなに親しい人でも、悪い方向に変わったら、きっちりと正す。小籐次を始めとする大人たちが、このけじめを付けるからこそ、シリーズを気持ちよく読めるのだ。

第十三巻

野分一過《のわきいっか》

　激しい野分（台風）を警戒し、長屋の面々と芝神明社に避難した赤目小籐次。家に残した猫を心配する若い妾《めかけ》に同道したところ、千枚通しで刺殺された男を発見する。被害者は妾の旦那で、観世流の笛方の一等《いっそう》理三郎だった。さらに野分一過の大川で、同様の手口で殺された入墨者が見つかる。ふたりの関連は何か。犯人は誰か。小籐次の名推理が光る。この一件を皮切りに、女流歌人としての生活を始めようとするおりょうのために屋敷を世話したり、深川惣名主《そうなぬし》の十二代当主・三河蔦屋染左衛門の依頼で、一族の揉《も》め事を始末したりと、小籐次はまたもや、忙しい毎日をおくるのだった。

　時代小説作家になる以前の作者が、「警視庁国際捜査班」シリーズを始め、多数のミステリーを発表していることは、よく知られた事実であろう。したが

って、ミステリーもお手の物。本シリーズで起きる事件でも、ミステリー色の感じられるものが少なからずあった。なかでも本書は、ミステリーの面白さが強く出ている。嵐の夜の殺人。ふたりの被害者の、見えない関係。そして意外な犯人と、ミステリーとして読んでも抜群だ。凶器となった千枚通しから、小籐次が犯人像をプロファイリングするシーンなど、ミステリー時代に培った呼吸が楽しめる、名場面になっている。

もちろん事件解決のためには、小籐次の剣も存分に活用される。居合の達人である犯人との斬り合いは、圧倒的な迫力だ。ミステリー作家・佐伯泰英と、時代作家・佐伯泰英が同時に味わえるとは、贅沢きわまりない作品である。

また、おりょうの独立や、深川惣名主の登場により、さらに広がっていく小籐次の世界にも目を向けたい。おりょうとふたりで、夫婦の誓いをした小籐次は、もはや彼女の世界と無縁ではいられないだろう。深川で隠然たる勢力を持つ三河蔦屋染左衛門と知り合ったことも、同様だ。周囲の変化に合わせて、小籐次の立場も変わっていく。そしてシリーズも、ひとつ所に留《とど》まることなく、常に進化していくのである。

第十四巻

冬日淡々《ふゆびたんたん》

本書のタイトルは『冬日淡々』だが、赤目小籐次の日常が、淡々としているわけがない。前作『野分一過』で知り合った、深川惣名主の三河蔦屋染左衛門を訪ねた小籐次は、いきなり成田山新勝寺詣《もう》でに誘われる。どうやら染左衛門には、深い考えがあるらしい。これを快諾した小籐次は、駿太郎と共に船上の客となる。中川から行徳にかけて出没する賊徒を退治して、新勝寺に到着した一行。そこで小籐次は、死期を悟った染左衛門の、壮絶な覚悟を知った。江戸出開帳《でがいちょう》の世話役総頭取の座を巡り、どす黒い思惑が渦巻く中、染左衛門を守るため、小籐次の剣が疾《はし》る。

シリーズ第一弾『御鑓拝借』で四十九歳だった小籐次は、登場したときから人生の達人であった。そんな小籐次よりも、はるかに長い歳月を生きてきた染

左衛門は、人生の大達人である。達人と大達人。常人では思いもよらぬ境地で交誼を結ぶ、ふたりの様子を見ているだけで、こちらまで陶然としてしまう。ああ、そうか。小籐次は鏡なのだ。情けには情を、剣には剣を、鏡のごとく相手と対峙《たいじ》するのである。だからこそ本シリーズは、小籐次を通じて、情と剣が並立する世界を描けるのだ。

これに関連して、小籐次が江戸に戻ってきてからかかわる事件に注目したい。塗師《ぬし》の家で主人が殺されたのだ。詳しいことは書かないが、この事件を引き起こした犯人の動機は、長年にわたる一途《いちず》な恋心にあった。表層的には、小籐次のおりょうへの想いと、同等のものだったのである。だが、その内実は、あまりにもかけ離れている。忍ぶ恋の果ての犯人の愚行が、小籐次の鮮やかな生き方を逆照射するのであった。主人公の存在を事件に呼応させ、一途な恋の光と影を合わせ鏡のように表現する、作者の手腕が素晴らしい。

なお、小籐次の剣魂により、染左衛門の病魔は一時的に退散した。おそらく成田山新勝寺の江戸出開帳まで、命の炎は燃え続けるはずだ。『御鑓拝借』で江都に披露された剣技は、遥《はる》かな高みにまで達したようである。

酔いどれ小籐次 トリビア集 2

迎え撃った凄腕の剣客。
流派は多種多彩

小籐次と闘った敵はみな武術名人。その流派は怪しげなものも含めて様々だ。

〔鉄心無双流、神明流、直心流、松田派新陰流薙刀《なぎなた》、八幡流、柳生新陰流、鎌宝蔵院流槍術、林崎流居合術、雪荷流弓術、一刀流、戸田流剣術、タイ捨流、無外流、円明流、甲源一刀流、鹿島神道流、心形刀流、東軍流、天流、信抜流、滝流槍術、竹内流槍術、新陰流、金剛流、月影一刀流、馬上太刀流、菊池流、井蛙流、隠岐流人無刀流、鹿島一刀流、無外一流、天真円光流、神道無宗流、伊賀蔦村流、本朝心流〕

最多は柳生宗厳《やぎゆうむねよし》が流祖の柳生新陰流で、14巻目までに9人登場。小金井橋で闘った13人の刺客(第二巻『意地に候』)にも5人いた。小籐次の一子駿太郎の実の父須藤平八郎は、柳生新陰流の元となった新陰流(上泉伊勢守が創始)の達人という設定だ。

小籐次、十番勝負！

凄腕の剣客を葬った小籐次の必殺剣。
息を呑む名シーン。

——解説・細谷正充（文芸評論家）

小籐次が操る秘剣、「来島水軍流」とは？

来島水軍流は伊予水軍に伝わる独特の剣技のひとつ。久留島家に代々つかえてきた赤目家に伝わる一子相伝の剣である。赤目家の嫡男である赤目小籐次は幼いころより、父・赤目伊蔵から厳しく仕込まれてきた。

正剣十手、脇剣七手が正式な型として伝わる。もともと不安定な船上での闘争を想定して編み出された剣技だ。基本はどっしりと安定した腰の据わりにあるが、名手・小籐次は基本の姿勢から時と場合に応じ、変幻自在に

応用してしまう。型の順守や精神性に重きを置く道場剣法とは違い、戦場往来の過程で実用一点張りに築き上げられてきた、峻厳苛烈にして融通無碍な剣技といえるだろう。

　正剣十手と脇剣七手は下表の通り。中でも小籐次が飛び抜けて多用するのは正剣二手「流れ胴斬り」だ。低い姿勢から伸び上がるようにして、相手の脇腹から胸へと斬り上げる流れ胴斬りは、一騎打ちはもちろん、大勢の敵を相手にしたときにより真価を発揮する。

　一子相伝であるため、アクロバティックともいえる来島水軍流の独自性は世に知られず、常に相手を驚かさずにおかない。それも剣客としての小籐次には有利な点といえる。

来島水軍流

正剣十手

一、序の舞
二、流れ胴斬り
三、漣
四、波頭
五、波返し
六、荒波崩し
七、波しぶき
八、波雲
九、波颪
十、波小舟

脇剣七手

一、竿突き
二、竿刺し
三、飛び片手
四、水車
五、水中串刺し
六、継竿
七、竿飛ばし

一番勝負

御鑓拝借《おやりはいしゃく》

大木が野分けに吹き倒されるように克五郎の巨体が前後に揺れて、

「げええっ」

と悲鳴を上げ、前屈《まえかが》みに石畳に倒れ込んだ。

「克五郎！」

と目付の多田が叫んだとき、小籐次は脱兎の如くに立ち竦む行列を搔い潜って、御鑓を肩に担いで立つ髭奴に接近すると、

きえっ

という奇声を発して頭上に飛び上がっていた。

虚空で次直が一閃されて、太刀打青貝拵えの御鑓のけら首を切り落とすと切り離された穂先と同時に地面に着地し、その穂先を摑むと見物の群れへと突進した。

（第一巻『御鑓拝借』より）

赤目小籐次の最初の対決の相手は、人間ではなく御鑓である。もちろん目的遂行のために人も斬《き》っているが、狙いはあくまで大名行列の武威を象徴する御鑓を切断し、その穂先を拝借することにあった。ユニークなキャラクターに相応《ふさわ》しい、ユニークなチャンバラといえよう。

二番勝負

小金井橋十三人斬り《こがねいばしじゅうさんにんぎり》

　今や橋の上に立っているのは小籐次と戸田求馬だけだ。

「下郎、ようやりおったな」

戸田の声が甲高く響いた。

　小籐次は背を欄干に寄りかからさせて、弾む息を整えた。

　戸田がゆっくりと間合いを一間半に詰めてきた。

　血塗れ、汗塗れの両者は顔を

見合わせ、視線を混じり合わせたまま走った。

　たちまち間合いが切られ、八双から斬り下ろされる剣と脇腹を腰骨から胸へと斬り上げる流れ胴斬りが交錯した。

（第二巻『意地に候』より）


　初期のシリーズでは、赤目小籐次ひとりで複数の相手をするチャンバラ・シーンがよくあった。その究極形が、小金井橋十三人斬りである。なにしろ敵は十三人。しかも凄腕揃《ぞろ》いだ。満身創痍になりながら、圧倒的に不利な斬り合いを制した小籐次の雄姿は、興奮必至なのである。

三番勝負

竹杖突き《たけじょうつき》

糸の切れたあやつり人形のように腰を落とした小籐次の背が、さらに地面へと仰向けに倒れていった。

ぎくしゃくとした動きはなんとも滑稽《こっけい》に見えた。

沈み込む小籐次の上体と連動して虚空に撥《は》ねた足が、相手の間合いを狂わせていた。

「おのれ！」

業物の剣と一緒に落下してきた。
切っ先が小籐次の面に迫った。
その瞬間、小籐次の竹杖の先端が機敏に動いて、虚空から伸《の》し掛かるように斬り込んできた喉笛を突き破り、立てられた足が相手の体を乗せて飛ばした。

（第三巻『寄残花恋』より）

小金井橋での死闘に勝利したものの、赤目小籐次の負った怪我《けが》も小さいものではなかった。だが、竹杖に縋《すが》って歩く小籐次に、新たな刺客が襲いかかる。この窮地、どう凌《しの》ぐ。生き延びるためには格好など気にしない、小籐次のしたたかな闘いぶりに瞠目《どうもく》せよ。

四番勝負

水中串刺し《すいちゅうくしざし》

立田修理太夫は正眼の剣を胸元に引き付けた。
腰が沈み、
おおおっ！
という怒号とともに虚空へ、
小舟の小篠次に向かって飛んだ。
小篠次の矮軀を上空から押し潰すように大剣とともに落下してきた。
竿を握った右手に力が入り、右足だけが船縁を蹴り出した。そのせいで小舟が竿を支点にして、

くるり
と回った。

立田はふいに目標を失い、二つの船の間に落水した。

小籐次は竿の手を外すと水面に浮かび上がってきた立田修理太夫に、

「追腹組刺客頭領立田修理太夫、お命頂戴！」

と闇に潜んで戦いの経緯を見届けているはずの影に向かって宣告し、水面から驚愕の表情で見上げる立田の喉首を次直の切っ先で貫いた。

（第四巻『一首千両』より）


赤目小籐次が父より伝えられた来島水軍流は、伊予の水軍が不安定な船戦で遣う剣術を源にしている。いうなれば船上剣法だ。そんな来島水軍流の本領が発揮されたチャンバラが、これである。水を得た魚ならぬ、小籐次の来島水軍流は、斬れ味抜群なのだ。

五番勝負

荒波崩し《あらなみくずし》

喉元から脳天へと田楽刺しとばかりに突き出す槍先で奇妙なことが起こった。

小籐次の体がそのまま後ろ反りに倒れ沈んで穂先を躱し、広げられた両足が宙に浮くと朱塗りの柄に絡まった。さらに片手が槍の柄を摑んだ。

「な、なんと」

と驚きつつも早乙女は槍を手繰り寄せようとした。

朱塗りの長柄に小籐次が木の枝にぶら下がる

猿のように止まり、早乙女の下へと引き寄せられた。
早乙女は槍から小籐次を振り落とそうとした。
その瞬間、柄にぶら下がった小籐次の体が、
くるり
と半転して、片手の剣が、
すいっ
と流れ、早乙女陣五郎の下腹部を撫で斬った。

（第五巻『孫六兼元』より）

五尺一寸（約一五三センチ）の矮軀《わいく》と、来島水軍流で鍛えた強靭《きょうじん》な足腰を持つ赤目小籐次は、ときにアクロバティックなチャンバラを見せてくれる。この斬り合いもそうだ。小籐次の相手同様、読んでいるこちらも「な、なんと」と、驚きの声を上げずにはいられないのである。

六番勝負

流《なが》れ胴斬《どうぎ》り

濃密に膨れ上がる戦いの機運を裂いて、駿太郎の泣き声が突然響いた。

須藤平八郎が怒濤の攻撃で間合いを詰め、胸元に引き付けられた剣が小籐次の矮軀を襲った。

小籐次は一拍遅れて踏み出した。後の先。

次直が鞘走り、二尺一寸三分が光になった。

小籐次の脳天に落ちる剣、須藤の胴を抜く次直が、刃を交えることなく生死を分かった。一瞬早く、

「来島水軍流流れ胴斬り」

と須藤の胴を捉え、須藤の剣は小籐次の破れ笠の縁を無益にも斬り割った。

うっ
と押し殺した声を発した須藤平八郎の体が横に吹っ飛び、崩れるように倒れ込んだ。


（第六巻『騒乱前夜』より）

正剣十手脇剣七手の来島水軍流の中で、もっとも赤目小籐次が遣う技が「流れ胴斬り」である。生と死が交錯する斬り合いの中で、小籐次の矮軀が相手の懐《ふところ》に潜り込んだとき、読者は主人公の勝利を確信する。絶対不敗の必殺剣だ。

七番勝負

二刀斬《にとうぎ》り

次の瞬間、五尺余の小籐次の頭上を白馬が越えた。

酔いに大きく揺らした小籐次の上体が後ろに反り返った。破れ笠の縁が白馬の蹄《ひづめ》で蹴られたが、下半身は微動もしなかった。

白馬が小籐次の後方の泥田に着地した。

上体を戻した小籐次の視線は猛然と降る雨の空を見ていた。

虚空高く祭文高道が舞い、大太刀を翻して赤目小籐次に襲い掛かってきた。

祭文高道は白馬が小籐次の頭上に覆いかぶさるように飛躍したとき、虚空

へと跳躍していたのだ。

小籐次の揺れる上体は白馬が空馬になったことを見逃さなかった。

ふわり
緋の直垂が小籐次の脳天を押し潰すように襲った。

そのとき、小籐次の上体が再び酔いに揺れて横手に滑り、次直が間合いを外した大太刀を受けて弾くと、孫六兼元が襲来した祭文高道の胸部を一撃の下に刺し貫いていた。


（第八巻『竜笛嫋々』より）

白馬に跨《また》がり襲い来る強敵を迎え撃つのは、なんと二刀流！　来島水軍流に二刀の技があるのか、それとも咄嗟《とっさ》の判断か。どちらかは分からぬが、次直と孫六兼元が存分にふるわれる、赤目小籐次のチャンバラが格好いいのである。

八番勝負

漣《さざなみ》

房之助が白塗りに紅を引いた顔を歪《ゆが》めて迫ってきた。
破れ笠を斬り割った細身の刃が右肩に引き付けられていた。
未だ小籐次の次直は鞘の中だ。
にたり
と房之助が勝利を確信したか、笑みを洩らした。
そのとき、小籐次は房之助が振り下ろす

細身の剣の下へと身を滑り込ませた。それは京極房之助が予期せぬ行動だった。

「酔いどれ小籐次、抜かったな」

それでも房之助は眦《まなじり》を吊り上げて勝ち誇ったように叫んでいた。

だが、刃の下に自ら小柄な体を置いた小籐次の右手の動きを見逃していた。柄にかかった手が一気に次直二尺一寸三分を引き抜くと、左手を添えて房之助の緋縮緬の胸部から喉元に刎ね上げていた。

（第十巻『薫風鯉幟』より）

「流れ胴斬り」と並び、赤目小籐次がよく遣う技が「漣」だ。ちなみに漣の言葉の意味は、細かに立つ波とのこと。船上剣法である来島水軍流らしいネーミングだ。そして、これ以上はないという技の名前が、小籐次のチャンバラを、さらに引きたてるのである。

九番勝負

対決《たいけつ》 偽小籐次《にせことうじ》

次直が垂直に立てられた。

その瞬間、偽小籐次は上体を前に突き出した前傾姿勢で踏み込んできた。

小籐次は引き付けた。

耐えに耐えて、待った。

偽小籐次の体がふわりと虚空に浮いた。すると北堀五郎兵衛の小柄な体が二倍にも伸びたように思えた。その姿勢から次直が、不動の小籐次の脳天目がけて雪崩れ落ちてきた。

不動の姿勢の小籐次がその場にしゃがんだ。

ために北堀五郎兵衛の次直の切っ先が無益にも虚空を流れて、

ぺたり
と地面に両足が着いた。
その瞬間、しゃがんだ姿勢の小籐次が伸び上がり様に孫六兼元を振るい、偽赤目小籐次こと北堀五郎兵衛の喉元に伸びた。そして若鮎《わかあゆ》の動きのように切っ先が、
ぱあっ
と刎《は》ね斬った。

（第十一巻『偽小籐次』より）

チャンバラの面白さは、斬り合いの相手や舞台も密接に関係してくる。その意味で、本書の相手は最高だ。なにしろ赤目小籐次の偽者であるのだから。ヒーローと、その偽者の対決に、ドキドキワクワク。そして偽者との格の違いを見せつける小籐次に、拍手喝采なのである。

十番勝負

槍対槍《やりたいやり》

横に寝かせた小篠次の槍が水車のように回転し、突き出された十文字鎌槍を弾いた。

「おっ」

思いがけない反撃に本多彰吾は十文字鎌槍を手元に引き戻すと、間髪をいれずに足元に刈り込むように突き出した。その二撃目も槍の水車が弾き、突きと弾きが繰り出されての攻防が続いた。

目まぐるしく十文字鎌槍が繰り出され、小篠次の槍水車が弾いた。

「おのれ！」

本多彰吾が手繰り寄せた穂先を胸に突くと見せて、小篠次の足元を襲った。

槍水車が絡んだ瞬間、槍の石突を地面に立てると、

ひょい

と虚空に身を躍らせた小籐次が本多彰吾の体の上を飛び越すと、背後に着地した。

「おのれ、玄妙な」

と本多彰吾がくるりと背後を振り返りつつ、赤柄の十文字鎌槍を回そうとした。

その瞬間、小籐次の素槍の穂先が本多彰吾の胸に伸び、厚い胸板を刺し貫いた。

（第十四巻『冬日淡々』より）

何度もいうが、来島水軍流は船上剣法である。したがって刀だけではなく、船竿の扱いもお手のものだ。そんな小籐次が、槍《やり》を遣えないわけがない。十文字鎌槍を遣う敵に対して、素槍で立ち向かう小籐次は、圧巻の強さを見せつけるのであった。

酔いどれ小籐次 トリビア集 3

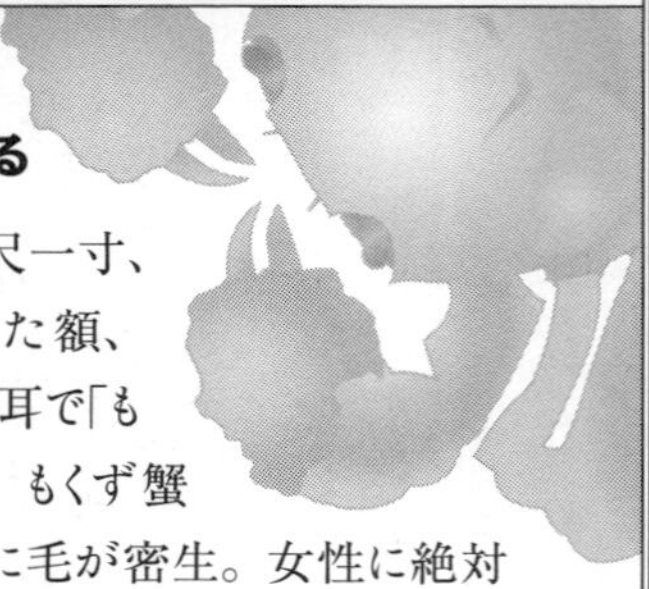

意外や意外?
小籐次はなぜもてる

小籐次は身長五尺一寸、大顔、禿げ上がった額、大目玉、団子鼻、大耳で「もくず蟹」みたいな顔。もくず蟹の顔は平べったく螯《はさみ》に毛が密生。女性に絶対もてそうもないタイプなのに、おりょう、うづ、やえ、おしん、鞠姫《きくひめ》、清琴《すがこと》などの美女が次々と小籐次に心を開く。その秘密は一体どこに?

「赤目様はなんの邪心も持っておられませぬ。おやえ様も鞠姫様もそのことを忽ち見抜かれたのではございませんか」(久慈屋の手代・浩介)、「よく拝見しますと赤目様は慈眼の持ち主、味わいを感じるお顔立ちです。それが若い娘たちを安心させるのでしょうかな」(久慈屋の主人・昌右衛門)

もくず蟹は上海ガニの仲間で美味。ミソは日本酒の肴にぴったりだ。上海ガニの老酒漬は別名・酔っ払いガニ。酔いどれのもくず蟹・小籐次の味わいが深いのも当然!?

御鑓拝借諸藩事情

小籐次に意趣返しを果たされた四藩。
当時はどのような状況にあったのか。

大名の格式

江戸時代、幕府から一万石以上の領地の自治を認められた武士、およびその家を「大名」と呼んだ。とはいえ大名家の規模には一万石から百万石までの開きがあるゆえに、必ずしもひと括《くく》りにはできず、十万石以下を小名と呼んだ例もある。また、改易、再興、取立なども度々あったので、時代によって数も一定ではない。江戸期を通じ、おおむね二百六十ほどの大名家が六十余州に屹立していたと思えば、そう遠い数ではない。

大名の格付けには、徳川一族の「親藩」、関ヶ原以前から徳川家の家臣で、幕閣の要職に就く資格を持つ「譜代」、そして幕府草創期に新たに徳川家との主従関係を結んだ「外様」があった。各家には「極位・極官」が定められ、のぼることができる位と官位の限界が決められていた。例えば、水戸の徳川家の極位は従三位、極官は権中納言で、どのように出世しても二位にはのぼらず、大納言にはならない決まりである。江戸城に登城した際の控え室である「詰めの間」にも、家格による決め事があった。大廊下のうち「上部屋」は御三家、「下部屋」は御三家嫡男、親藩の一部、加賀前田家。「溜の間」は親藩および譜代の重臣。「大広間」は親藩、国持・四位以上の位階を持つ外様。「帝鑑の間」は親藩と譜代。「柳の間」は十万石未満の外様。「雁の間」は五万石から十五万石ほどの譜代。「菊の間」は三万石未満の大名……というのが、概《おおむ》ねの目安である。さらには、「国持・国主」（国郡制の国ひとつを領有する本国持と、一国ではなくとも広大な土地を領する大身国持がある）、「国持並」（格として徳川家から国持待遇を受ける）、「城持」（領内統治の本拠として城郭を所有する）、「城

登城する大名行列は江戸の名物。見学するためにやってくる旅人もいた（「江戸名所図会」）

持並」（城郭は所有しないが、格として徳川家から城主待遇を受ける）、「無城」などの区別があり、これら諸々の格式が勘案されて、席次に差がつけられたのである。稀ではあるが、詰めの間の変更や外様の幕閣就任も皆無ではない。したがってこれらの格付けも「絶対不変」とまで強硬ではなかった。

こうした城内の事情とは別に、庶民にも大名家の格式に触れる機会はあった。江戸在府の大名には、毎月一日と十五日、あるいは折々の式日に江戸城に登城する義務が課せられていた。したがって江戸では、参勤交代の折以外にもしばしば威風堂々たる大名行列が行き交い、その行列を見物することは江戸の名物でもあった。流石《さすが》に将軍家の行列は、庶民が軽々しく見物することは許されなかったが、一般の大名行列は勝手次第。無論、土下座の必要もなく、道の脇に寄って邪魔さえしなければ、団子を頬張りながらでも咎めだてされることはなかったのである。一説に、桜田門外で大老井伊直弼《なおすけ》を襲撃した水戸の浪士たちは、三月三日の式日登城を見物する田舎侍の態《てい》で、行列に近づいたという。

行列見物を当て込んだ商売もあった。そのひとつが『武鑑』である。武鑑は民間の書肆《しょし》によって出版された、大名、旗本情報誌——系譜、石高、官位、席次、家紋、屋敷の場所、主な家臣等々を網羅した紳士録のごとき大著であったが、江戸の中頃になると、主な大名や幕府の役人のみを抽出し、その家紋や槍鞘のかたちなど、行列見物に必要な情報をコンパクトに纏《まと》めた、携帯版の『袖玉（袖珍とも）武鑑』なども作られるようになる。御槍はいわば、各家の先祖があげた武功の象徴である。それぞれに由緒を持つ塗鞘や毛皮で飾られたそのかたちは、庶民にも解る大名家の「格式」に他ならなかった。『袖玉武鑑』の値段は一冊およそ百五十文。庶民にとって、決して安いものではなかったが、大名行列見物のガイドブックとして、また江戸土産として、重宝されたという。

◆ 袖玉武鑑 ◆

天保三年、日本橋・須原屋茂兵衛版の袖玉武鑑。本書の中には、長谷川平蔵、遠山金四郎らの名前も見られる。

讃岐国丸亀藩

槍鞘

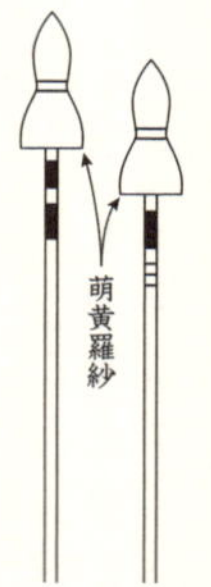

現代の地名

香川県丸亀市一番町（城）

小籐次時代の藩主名

京極長門守高朗
（城持大名）

石高

五万一四六七石

家紋

丸に二つ引両

平目結

雪薺

十六葉菊

五三鬼桐

讃岐丸亀は香川県西部に位置する、瀬戸内海上交通の要衝。江戸後期、海路を使った金刀比羅詣でがさかんになって以後は、丸亀は金刀比羅宮への参拝口として大いに栄えた。現在、丸亀市は塩《し》飽《わく》諸島も包括している。塩飽は優れた船乗りを多く産する土地柄で、幕末、咸臨丸が太平洋を横断した際には、その乗組員として塩飽出身の船乗りが多数採用されたほどである。

　この地に城が築かれたのは、一説に室町時代の応仁年間。讃岐の守護大名細川家の命を受けた奈良元安が、標高六七メートルの亀山に城を築いたといわれるが、砦ほどの小さな規模のものだったらしい。今日の城下の基を築いたのは、豊臣政権下において讃岐領主であった高松城主の生駒親正である。親正は、讃岐西部地域支配の拠点とするために、慶長二（1597）年に着工、五年を経て慶長七年に城郭が完成した際、亀山の地名を改め丸亀城と命名したという。しかしこの丸亀城は、高松城主生駒家の支城であったため、元和元（1615）年の一国一城令によって廃城とされてしまう。

寛永十八（1641）年、外様大名山崎家治が西讃岐五万三千石を与えられてこの地に封ぜられ、丸亀藩が成立した折、丸亀城も復活。以後、丸亀藩主は城持大名である。山崎家は家治、俊家と二代にわたって城下の整備や新田開発などに努めたが、三代治頼が六年後八歳で早世し、明暦三（1657）年に断絶した。

播州龍野の城主であった京極家が移封されたのは、翌万治元（1658）年のこと。当主京極高和は、讃岐の西半国のうち豊田郡、三野郡、多度郡、那珂郡、また播磨の旧領のうち揖保郡合わせて六万六十七石を与えられ、丸亀城主に任ぜられた。京極氏は外様大名。江戸城における詰めの間は柳の間であった。

京極家は、源平時代に活躍した佐々木四郎高綱などを先祖にいただく近江源氏の名門。高和の祖父高次の代に、いわゆる浅井三姉妹の茶々（豊臣秀吉室）、初、江（徳川秀忠正妻）のうち、次女の初を娶《めと》ったために豊臣、徳川両家とも縁が深く、近世大名として生き残り得たという来歴を持つ。家紋からも、その家柄を窺うことができる。目結は近江佐々木氏のシンボル。「五三の桐は豊太閤よりあたえられ、十六葉菊は八条知仁親王より伝え、二つ引両は足利将軍家よりたまい、雪薺《ゆきなずな》は管領畠山家よりうく」（『寛政重脩諸家譜』）という。

高次の子、忠高は松江二十六万四千石を領し、将軍秀忠の四女を正室とするほどであったが、その正室に子ができずに、家は断絶。しかし将軍家とのゆかりをもって、忠高の弟にあたる高政の子高和（一説に忠高の妾腹の子とも）に播州龍野六万石が与えられ、再興が許された。

丸亀に封ぜられた初代高和は、旧領の龍野から商人などを多く呼び寄せ、街づくりにあたった。四代高矩の時、讃岐一帯を毎年のように、旱魃《かんばつ》、洪水などの災害が襲い、藩財政は瞬く間に逼迫した。丸亀藩は藩札の発行や、年貢の徴収で打開にあたったが、かえって領民の反発を招き、寛延元（１７４８）年、六万五千人もの農民が蜂起する一揆を誘発する結果となった。政治向きには冴えない高矩であったが、佐々木高綱の轡《くつわ》なおしの鍔《つば》など、京極家に伝わる家宝をたびたび将軍家の上覧にかけ、また故実に通じていたために、幕府の覚えはめでたかったという。五代高中は高矩の次男。備蓄米を蓄える法令を出し、港湾を整えるなどの事蹟があった。六代高朗は高中の四男で、金刀比羅詣での集客を図るために西平山海岸に新堀湛甫を築くなどして丸亀～大坂間の定期船航路を活発化させた。

これによって丸亀は全国的観光地に発展し、高朗は歴代藩主随一の名君と謳われた。「金毘羅船々、追い手に帆かけてしゅらしゅしゅしゅ、まわれば四国は讃州那珂郡象頭山金毘羅大権現――」と広く知られた金刀比羅詣でのテーマソングは、元はお座敷遊び「拳」の囃し歌で、琴平の芸者衆が全国から来る参詣者相手に歌ったために広く知れ渡ったが、一説にこの歌は高朗時代の産物ともいわれている。

丸亀藩の関係者としては、講釈などでは、江戸の愛宕神社の階段を馬で登った寛永三馬術のひとり「丸亀藩士間垣平九郎」が有名だが、間垣は生駒氏の家臣であったので、丸亀藩士とするにはやや歴史的な齟齬《そご》がある。

播磨国赤穂藩

槍鞘

現代の地名

兵庫県赤穂市加里屋（赤穂城）

小籐次時代の藩主名

森肥後守忠敬
（城持・外様大名）

石高

二万石

家紋

森鶴の丸

五七の桐

根笹

現在の赤穂市は兵庫県南西部に位置し、岡山県に隣接する。藩政時代は、池田氏三万五千石余、浅野氏五万三千石余、永井氏三万三千石余、森氏二万石余と、領主によってその規模が異なったため、領域は必ずしも一定ではなかった。産業は、江戸中期よりさかんになった製塩業が有名で「赤穂の塩」はブランド塩として、江戸や大坂でも名高かったという。また、『忠臣蔵』で知られる浅野内匠頭の領地でもあり、物語ゆかりの史跡は現在も観光地として人気が高い。

この地に城の原型が築かれたのは室町時代、赤松氏の一族岡豊前守を嚆矢《こうし》とする。豊臣政権時代には岡山城主宇喜多氏の陣屋が置かれていたが、関ヶ原合戦で西軍についた宇喜多氏が改易になると、姫路城主池田輝政の支配地となった。「赤穂藩」として成立したのは、元和元（1615）年のこと。輝政の死去にあたり、五男政綱に三万五千石が分封されたのがはじまりである。その後、寛永八（1631）年に政綱が嗣子のないままに没し、代わりに輝政の六男で佐用郡平福を領していた池田輝興が転封されたが、正保二（1645）年に輝興が発狂、妻を殺害するという事件を起こしたために改易となった。同年、常陸国笠間藩主であった浅野長直が五万三千五百石余を与えられ、赤穂の領主となった。

池田政綱時代「大鷹城」と呼ばれた城は、現在よりもずっと規模の小さなものであった。その城郭を現在のような大規模なものに改築したのは浅野氏である。浅野氏は、慶安元（1648）年に幕府に築城願いを提出して認可されている。設計ははじめ、藩士で軍学に通じていた近藤正純によるものであったが、建築中に山鹿素行を招いて手直しを依頼したため、赤穂城は「山鹿流の軍学に則って作られた」ともいわれる。浅野氏の支配は、長直、長友、長矩と三代、約五十年に及んだ。この間に、城と城下町が整備され、また塩田が開拓されて入浜式塩業が興され、経済基盤が整えられた。

元禄十四（1701）年、長矩が江戸城中で高家の吉良上野介義央に刃傷におよんだため、浅野家は改易となった。赤穂は一時幕府領となったが、翌年下野国烏山藩主であった譜代大名永井直敬が、三万三千石を領して入城。しかし、この措置は一時的なものであったのか、四年後に永井氏は信濃国飯山へ転封となり、代わりに備中国西江原から森長直が二万石を与えられて赤穂城主となったのである。以後、明治維新に至るまで、赤穂は森氏二万石の領地であった。

織田信長の側近森長定（蘭丸）を輩出したことで知られる森氏は、美濃の出身。長定の弟忠政は織田信長、豊臣秀吉に仕え、信濃国川中島十三万七千石を与えられている。関ヶ原合戦では東軍に属し、その功によって慶長八（1603）年、十八万六千石を与えられ美作国津山城主となった。ところが、その養子長継の代に後継者を定められずに改易。しかし長継がなお存命であったために、特に備中国西江原二万石を与えられ、家名の存続が許されている。

浅野家の塩田開発によって、元禄期（1688～1704）には好調であった藩財政も、享保年間（1716～35）には既に、下降線を辿《たど》っていたらしい。

森氏二代長孝、三代長生、四代政房の頃にはたびたび倹約令が出され、また藩士からの借り上げも頻繁におこなわれている。江戸時代中期以降、商品経済の発展から取り残された大名家の財政が困窮したことはいうまでもないが、いち早く対応し、それなりの効果をあげた藩もやがて、経済闘争に巻き込まれて発生した多事多難によって、首を絞められてゆく。浅野氏から塩田を引き継いだ森氏もまた、例外ではなかったようだ。八代忠敬の頃はまさに、全国規模で展開する経済と藩政が嚙み合わなくなっている渦中で、利益を目論んで塩の専売制を試みては、商人や市場の反対に遭って断念する、という悪循環を繰り返していた。この後、幕末まで財政状態が回復することはなかった。

浅野氏統治時代に縁のあった軍学者山鹿素行の影響によって、後に『忠臣蔵』に結びつく赤穂の士風が形成されたといわれる。しかしながら、浅野家の後を受けた森氏のわずか二万石の家中からも、幕末の混乱期に活躍した鞍懸寅二郎や著名な眼科医津野定信など、ユニークな人材が出ている。ともかくも、よく物事が流通する環境のゆえんかもしれない。いち早く経済活動に取り組んだ、あるいは一利であろうか。

豊後国臼杵藩

槍鞘

現代の地名

大分県臼杵市
大字臼杵字丹生島九一番地

小籐次時代の藩主名

稲葉伊予守雍通
（城持・外様大名）

石高

五万六十五石余 臼杵城主

家紋

折敷に三の字

打ち出の小槌

豊後臼杵は大分県東部海岸地域に位置し、臼杵湾に注ぐ臼杵川河口に展開する城下町。豊後水道に面していることから、古くから交易が盛んで、戦国時代には南蛮貿易の主要港のひとつであった。江戸時代になっても、北部九州指折りの商都として大いに栄えた。また、楮《こうぞ》、紙、石灰、七島莚《しっとうむしろ》などの特産品も多く、早くから経済的に発達していた。

戦国時代、臼杵一帯を含む北九州地方の覇権を争っていたのは、豊後の大友氏、周防の大内氏、安芸の毛利氏などであった。天文二十（１５５１）年に大内氏が滅亡すると、にわかに毛利氏の勢力が盛んになり、これと敵対した大友氏は、永禄四（1561）年に門司城の合戦において大敗を喫してしまう。臼杵城は、門司城合戦の後に毛利氏の攻撃に備えるため、また当時盛んになりつつあった南蛮貿易の拠点とするために、キリシタン大名大友氏によって築かれた城である。当時、大友氏の本拠は府内の大友館に置かれていた。臼杵城は、隠居していた先代当主大友宗麟の居城として建てられたが、代替わりしても実権はいまだ宗麟にあったため、あたかも臼杵が本城のように栄えたという。

一説に、大友氏の家臣角隈石宗に協力して城の縄張りを行ったのは、諸国修行中であった明智光秀ともいわれている。現在、城一帯は市街地となっているが、本来臼杵城は、周囲を断崖に囲まれた丹生島《にゅうじま》に建てられた海城であった。こうした地の利は、海外貿易の拠点として目覚ましい発展を遂げるに充分な要素を有していた。

稲葉氏は、越智姓を名乗る伊予国河野氏の一族。家紋の「三の字」は、瀬戸内の守護神として崇敬を集めた大三島神社の神紋に由来する。戦国の頃、美濃に出て土岐氏に仕え、稲葉山城にちなみ稲葉と改姓したと伝えられる。土岐氏没落の後には、稲葉良通（一鉄）が美濃三人衆のひとりと数えられるほどの勢力を持ち、織田、豊臣両氏に与《くみ》して、美濃国郡上八幡城主となり、四万石余を領した。その子貞通は、石田三成と徳川家康の緊張が高まった折、はじめ石田方に属したが、後に家康方に転じ、関ヶ原の合戦の折には近江水口城を攻めるなどして戦功があった。この功により、慶長五（1600）年、豊後国海部郡の北半分、大野郡、大分郡の一部など五万石余を与えられ、臼杵城主となったのである。場所柄、幕府からはキリシタンの統制を強く期待されていたらしい。稲葉氏は以後、明治維新までこの地を治め、城持の外様大名として遇された。江戸城における詰めの間は、柳の間であった。

今日の城下町の基となる、唐人町、掛町、浜町、横町、畳屋町、本町、新町、田町からなる「町八町」が完成したのは、三代一通の時。大友氏以来の商都としての趣がますます強くなり、繁栄の基盤となったという。五代景通の頃には、検地の見直しや新田開発により、五万石の表高に加えて一万石余の増収に成功するが、早くも八代董通の頃（享保五年・1720～元文二年・1737）から、財政的に追い詰められはじめる。その主な要因は度重なる飢饉であったが、臼杵藩は施策として、運上金の新設や年貢の増収政策をとったため、農民は困窮。元文三（1738）年には、農民が組織的に逃散・強訴におよんだ「元文騒動」が起こっている。

　しかし、藩の簒奪傾向はその後もとどまらなかった。文化年間には、側役中西右兵衛の主導による「文化の新法」が推し進められた。これは、村役人や商人階層を取り込んで、既に制定されていた紙の専売制や、新たな課税制度を強く推し進めて増収を図る政策で、農民の負担は増えるばかりであった。このため、文化八（1811）年には、またしても大規模な蜂起である「文化一揆」が起き、藩は一揆勢の要求を受け入れて、中西右兵衛を罷免するなどの状況に追い込まれてゆく。まさに十代雍通の時代（寛政十二年・1800～文政三年・1820）は、そうした渦中であった。

　その後も、厳しい財政事情は変わることはなかったが、天保年間（1830～44）に至って家老村瀬庄兵衛が御勝手方総元締に就任し、緊縮財政、実態調査、役務励行などを図る「天保改革」を断行。一応の成果をあげている。

　享和元（1801）年、儒学、兵学、医学を講ずる藩学が設立された。この学校は天保期頃に学古館と命名され、藩士子弟の教育にあたった。

肥前国小城藩

槍鞘

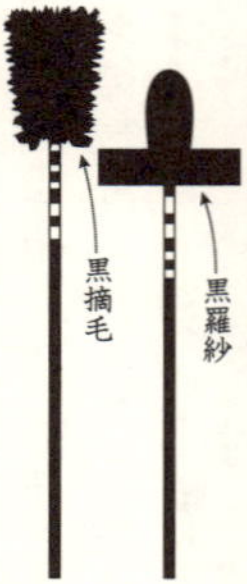

現代の地名

佐賀県小城郡小城町一七六（桜岡館）

小籐次時代の藩主名

鍋島紀伊守直尭（無城・外様大名）

石高

七万三千五百二十五石余

家紋

大夫角花杏葉（小城杏葉）

隅立て四つ目

肥前小城は、佐賀県のほぼ中央に位置する都市。とはいえ、現在の市域と藩政時代の領地は、必ずしも重ならない。佐賀藩鍋島家の支藩であった小城藩の成立過程は、やや複雑である。近世佐賀藩初代鍋島勝茂の長男元茂は、庶子であったために本藩は継承せず、元和三（１６１７）年に父の隠居分であった小城を相続し、佐賀藩内に「大配分」と呼ばれる自治領を形成し、その領主となった。この自治領はあくまでも佐賀藩内における元茂の知行という位置づけであったが、元茂は、寛永三（１６２６）年と同十一（１６３４）年の徳川家光上洛の際にたびたび供奉《ぐぶ》、同十四（１６３７）年の島原の乱では父と共に戦功をあげ、また家光の剣術修行に伺候して打太刀を務めるなどして、将軍家の信用を獲得していった。結果、寛永十七（1640）年、元茂は幕府より「部屋住格分家」の当主として承認される。また、その翌年には佐賀藩と隔年交代で参勤交代の義務を課せられた。こうして、佐賀藩の大配分小城は、曲がりなりにも「小城藩」として成立したのである。初代藩主となった元茂は、三平と呼ばれていた幼少時代から佐賀藩の証人（人質）として江戸に滞在していたため、二代秀忠、三代家光などの知遇は、むしろ本藩以上に受けていたらしい。こうした幕府の小城藩への厚遇に対抗するかのように、佐賀藩二代光茂は天和三（1683）年、鍋島一族の祖法ともいうべき『三家格式』を定め、小城、蓮池、鹿島の三支藩を完全な統制下に置くべく画策した。

城を持たない小城藩の領内統治の本拠を小城郡小城の桜岡館に置いたのは、二代直能である。桜岡ははじめ「鯖岡」という地名であったが、数株の桜の樹があったため、直能が「桜岡」と名付けたという。三代元武は、五代将軍綱吉の信任厚く、外様の、それも支藩の当主であるにもかかわらず、元禄六（1693）年、将軍の身近に伺候する「奥詰」役に任ぜられ、毎日江戸城に登城する旨を申し付けられた。また、水戸の徳川光圀とも親交が深く、宝永四（1707）年頃には、遠江国浜松への国替え話まで出来《しゅつたい》した。浜松は徳川家の宗主家康ゆかりの地であり、その城を預かることは幕閣参与への布石でもあった。しかし、この転封話は本藩の反対によるものか立ち消えになっている。

こうした背景を得て、九代直尭は文化十三（1816）年頃、たびたび「城主格昇進願」を幕府へ申請するべく、佐賀藩に働きかけている。「城主格昇進願」とは、城を持たない大名が、名目の上だけでも幕府から城主として認めてもらおうというもの。江戸城に登城した際、詰めの間を同じうする大名であっても、城主と無城の藩主には席次に差があった。城を預かるということは、徳川幕府の信用を得て、近隣の監視を任されることに他ならなかったから、たとえ石高は多くとも無城の大名は、城持大名の下に位置づけられたのである。したがって、実際に城を構えることとは別次元の問題として、名目だけでも城主として認められることは、藩主および藩の体面のうえで重要事項であった。

幕府もその草創期においては、大名が城を盾として謀叛を起こすことも想定していたゆえに、城の扱いには神経を尖らせていたが、江戸時代も中頃を過ぎると、謀叛の心配はほとんどなくなったうえ、格としてだけでも徳川家の信頼を得たいという外様大名の姿勢はむしろ歓迎すべきものであったから、昇進願いが提出され、それが至当なものであれば、積極的に認める政策に転じていた。にもかかわらず、小城藩主の城主格昇進が叶わなかったのは、本藩である佐賀藩が、分家の勢力が大きくなることを望まなかった、という見解がもっぱらである。同じく佐賀藩の支藩である蓮池藩主と共に、直尭が本藩に城主格昇進を働きかけたのは、都合七回にもおよぶという。

ところで、小城藩の財政逼迫は、比較的早い時期から深刻であった。元禄五（1692）年の公家衆接待役、宝永五（1708）年の御花畑普請、明和七（1770）年の仙洞御所造営などたびたび公役を引き受けているのは、幕府の心証を良くする目論見があったのかもしれないが、安永三（1774）年に七代直愈《なおます》が、江戸に下向した有栖川宮織仁親王の御馳走役を命じられた際には、約九千五百両の必要経費のうち二千両あまりしか工面がつかず、幕府に借金を申し込んでいる。役目が済んだ後、直愈は「不束《ふつつか》の至り」として数ヶ月間出仕を止められたという。

酔いどれ小籐次 トリビア集 4

圧巻！　酒仙・小籐次の名場面

小籐次は「量を飲むだけの外道飲み」と謙遜する。だが飲酒が一つの芸になっており、周囲の人々を幸せな気分にもする。

◆「小籐次は大杯から香り立つ伏見の上酒を嗅いでいたが、口を大杯の縁に差し伸べ、漆の杯に付けた。／悠然と大杯が傾けられた。小籐次の喉が律動的に、／ごくりごくり／と鳴った。すると大杯の酒が大川の流れのように口に入り、喉に落ちて五臓六腑に染み渡った」（第四巻『一首千両』）

◆「舌先に酒精を転がしてみた。／小籐次は北国越後を旅したことはない。越後平野で育て上げられた米が深々《しんしん》と雪が降る中、杜氏《とうじ》たちによって丹精させられる麹の湯気や、きれいに澄んだ酒が樽の中でたゆたう光景が脳裏に浮かんだ。／喉に落とした。／ふわり／と熟成された酒の香りが五臓六腑に広がった」（第五巻『孫六兼元』）

江戸庶民の暮らし

小藤次ゆかりの品を中心に、
当時の生活、風俗を振り返る。

小商いの稼ぎ

親しい仲間たちから商い下手とよくからかわれる小籐次。はたして、庶民はどのようにして生計を立てていたのだろうか。

小籐次が「研ぎ」で暮らしを立てていた文化・文政の頃、平均的な裏長屋のひと月の家賃はおよそ四百文であった。豆腐が一丁、五十〜六十文。「盛り」や「かけ」は十六文程度だが、むしろ卓袱《しっぽく》や天ぷらなどの種ものの方がよく食べられていたようであるから二十〜三十文が蕎麦の一般価格といえようか。湯銭は大人一回十文前後。少し後の天保年間に書かれた『守貞漫稿《もりさだまんこう》』には、「ひと月の湯銭はひとりあたり約百四十八文云々」という記述が見られるから、二日に一度ほどの頻度で湯に浸《つ》かっていたものと思われる。

髪結いの代金は、最低が十六文ほど、高い店では三十文以上と床によってまちまちで、しかし安直な店で結った髷《まげ》は長持ちしなかったという。したがって、どんなに貧しい階層のひとびとであっても、ひと月に最低千文ほどの稼ぎは必要であった。勿論これはあくまでも「最低」の必要費である。家族があればそれだけ支出も増えてくる。外に出る仕事であれば、雨風の時は嫌でも休みになってしまうわけだから、不確定な天気に備えて多少なりとも蓄えておかねばならない。まして病気にでも罹《かか》ろうものなら、働けないがゆえの無収入に加えて、薬代などもかかってくる。医者などに診せては、これは考えるまでもなく破産である。

栗原柳庵の『文政年間漫録』によれば、当時の大工の日当はおよそ銀五匁だったという。銭に換算すると五百四十文ほどだから、暮らし向きはよさそうにも思えるが、それでも、仕事に出られない日のことや、支出を考え合わせると「楽ではない」と記されている。また弘化四（１８４７）年には、「大

木版彫り。商人といっても規模はさまざま、江戸の町は小商人で溢れていた（「的中地本肆」）

工の手間賃を三匁三分」に引き下げるようにとの町触《まちぶれ》も出ているので、必ずしも右肩上がりに賃金が伸びていったわけでもなさそうだ。そもそも『文政年間漫録』の「五匁」という記述も「最高の手取りで……」と見たほうが自然なように思われる。職人の中では比較的エリートに属する大工ですらこうした状況であるから、他は推して知るべしというところであろう。

青物などを扱う棒手振りの行商は、文化・文政頃には一日およそ四百文の利益があったとされているが、それは売れゆきの良い商人のこと。行商人には、さまざまな種類があった。惣菜だけでも、納豆、豆腐、舐め味噌、煮豆、漬物、田楽、寿司、茹で卵などなど。また、菓子や冷や水、甘酒、飴、薬や簪、玩具なども売り歩いている。いずれも、売り上げが一日四百文を超えることはなかなかなかったに違いない。

季節ごとに、桃や柿、梨などが出回った。こうした、ほんの少しの期間しか出回らない際物や節句の入用物を商うことを、盂蘭盆会《うらぼんえ》の精霊棚に飾る蓮の葉にちなんで「蓮葉《はすは》商い」といった。扱う商品をしじゅう替えることから、売り手が自らを蔑《さげす》んでそう呼んだらしい。その言葉の中には、「儚《はかな》い商売」という諦観もあったようだ。儚い商売といえば、塩売りがある。俗に「飯に塩をかけて銭を溜める」などというように、江戸時代でも塩は安価なものであった。そこで、僅かな元手もないほど貧しい者は塩売りになったという。といって、棒手に振り分けて、枡で量り売りする普通の塩売りではない。ほんのひと握りほどの塩を持ち、ひとツマミほどの塩しか買うことのできないさらに貧しいひとびとに一文、二文と売り歩くのである。当時の最低流通貨幣は四文だが、その下に滅多に使われることのない一文銭もあるにはあった。信用が置けないほど粗末に造られた悪銭で、「鐚《びた》一文」とはこのことである。その一文銭のやりとりをもっぱらにした商いなのだから、儚さも極まろうというもの。

目先の変わったところでは、式亭三馬が『式亭雑記』に記している江戸時代の百円ショップがある。文化六（１８０９）年の歳末から七年の春にかけて、路肩に小間物などを並べて「なんでも三十八文」で売ったという。これが評判になると、さらに安く「なんでも十九文」で売る商人が出てきて、やがて十二文均一にまで下がったという。ところが奇妙なことに、しばらくすると値段は三十八文に落ち着き、呼び名だけは「十九文店」となった、ということである。

刀を活かす研ぎ

小籐次の研ぎは、来島水軍流よろしく一子相伝の業前。そこには、単に仕事と呼ぶには忍びない矜持が隠されていた。

刀は、単に人を斬るための道具ではなかった。むしろ、日本刀の成立期である平安時代から、その美しい光沢で魔を祓う「呪具」としての効果が強く求められていた。『源氏物語』の「夕顔」にも、物《もの》の怪《け》の気配を感じた光源氏が太刀を抜くくだりがみえる。光源氏は、その太刀を構えるわけでもなく、傍らに置いてしまう。当時、抜き身の光を翳《かざ》すだけで、物の怪は退散すると考えられていた。刀が必ずしも実戦的な道具ではなかったことの証左といえよう。

したがって、刀剣を研磨する「研ぎ」の作業は極めて重要であった。単に切れ味を追求するのみならず、刀身に美しさや神秘性を与える行為として、研ぎ師には高い精神性が求められた。小籐次が自らの刀を研いでいるシーンからも、その矜持《きょうじ》を窺うことができる。小籐次は、研ぎの作業にとりかかる前に、腰を安定させる「床几」、左右の足で挟んで砥石を固定する「踏まえ木」、そして「砥石」「研ぎ桶」の配置を、まずは丹念に設定している。研ぎ師は、この他にも、踏まえ木を踏む右足の先端を安定させる「爪木」や、砥石に微妙な角度をつける「砥台」など、細々《こまごま》とした道具を使った。己の精神を集中させるには、まずは周囲の環境を整えなくてはならないのである。

砥石の選定は、さらに複雑である。粗めの石からはじめ、徐々にきめ細かい石を用いて研磨してゆくわけだが、どのような砥石を、どのような順番で、いくつ用いるかということは、まったく研ぎ師の技量にかかっていた。

まずは砥石を見極め、どのような組み合わせで研ぎあげてゆくかを決めなくてはならない。粗末な石を用いては

さまざまな道具を駆使して刀の品格を整える「研ぎ」の作業（写真提供／関市観光協会）

刀が台なしになるし、また研ぎ師自身に大した技量もないのに、無闇に沢山の砥石を用いるのもよろしくない。また砥石を削ったり、粉砕したりして、自分が扱いやすいように変形させるのも、研ぎ師の技のうち。研ぎ師自身の技量に合った砥石を、的確に用いなければ、刀を活かすことはできないのである。

小籐次が、神奈川宿の研ぎ屋の仕事場を借りて家伝の愛刀・次直を研いだ際の手順を追ってみよう。まずは粒子の粗い伊予石や名倉石で下地研ぎをし、刃艶（吉野紙に漆で貼り付けた砥石）で地刀を磨き、鳴滝（砥石の欠片《かけら》を薄く磨《す》ったもの）で地艶をかけ、拭《ぬぐ》っている。拭いの作業に用いるのは、対馬石を粉砕して焼いた粒子を丁子油で溶いた「粉汁《こなじる》」。これを木綿布に染ませて、丹念に刀身を拭うのである。このような研ぎの技を、小籐次は父から「徒士《かち》のたしなみ」として教え込まれたという。

しかし通常、下士とはいえ武士が自ら刀を研ぐことは稀《まれ》であった。なぜなら、これほど複雑な工程を経ねばならない研ぎの技は、片手間に会得できるものではないからである。ゆえに、町には必ず、刀研ぎ師が店を構えていた。その数は、刀鍛冶よりも多かったというから、武士たちの需要に充分応えられるほどのものだったのだろう。
してみると、小籐次の父の教えは、かつて海の上で過ごした水軍以来の「たしなみ」であったのかもしれない。町場の武具屋になど滅多に行けない海賊は、矢でも鉄砲玉でも自ら船上で拵《こしら》えた――といわれているから、自ら刀を研いだとしてもおかしくはない。

ところで、刀の研ぎを専門とする職人たちのルーツは、中世、鍛冶に隷属する職能集団であったという。しかしながら、研磨・浄拭・鑑定にあたるうちに、むしろ刀鍛冶たちよりも、身分の高い武士に伺候する必要が生じてきた。そこで彼らは、阿弥号を名乗ることによって出家の体裁をとり、身分の枠を越えたという。足利将軍家以来の刀剣鑑定の家元である本阿弥家の称号も、こうした背景に由来している。

ちなみに、刀剣の研磨をもっぱらとする研ぎ師と、生活道具を扱う研ぎ屋は明確に区別された。「町歩きの研ぎ屋は刀剣を研ぐことを禁じられた」というが、これは刀研ぎの砥石の数や複雑な工程を鑑《かんが》みれば、むしろ当然といえるだろう。

掘割の町の舟事情

小籐次の移動手段といえば小舟。
それが往来する水路には、
江戸という大都市を支える重要な役割があった。

「水郷」といわれるほど、江戸の町には河川・掘割が細かく張りめぐらされ、水上交通が発達していた。地理的にも江戸は、武蔵野台地と、隅田川（荒川）、利根川、渡良瀬川（江戸川）などの河口低湿地が交錯する場所に展開する都市である。そのような土地柄ゆえに、水を支配することは、町づくりの第一歩であった。

江戸幕府の開闢《かいびゃく》によって泰平が齎《もたら》されると、諸大名には軍役の代わりに、俗に「天下普請」と呼ばれる御手伝普請、すなわち土木・建築の負担が課せられた。江戸初期に、江戸の町の基礎をつくるためにおこなわれた土木工事はことに大規模なもので、それまでの地理を一変させるほどであった。その一例が、神田山を切り崩し、水道橋から柳橋に至る巨大な水路を築いた「仙台堀」である。伝説では「江戸城防衛のために伊達政宗率いる仙台藩が工事した」といわれているが、実際はやや下って万治元（１６５８）年、すでに開かれていた水路をさらに牛込まで拡張する工事を請け負ったのが仙台藩——ということらしい。

水運の発達は、巨大都市の発展には不可欠であった。当時の江戸は、人口百万を超える世界屈指の大都市。当然、そこに住まう人々が必要とする生活物資も莫大であった。食料や燃料の大規模な運搬には、河川や海路が使われた。米や酒は海運を通じて全国あるいは関西から、野菜は川船で近郊農村から、魚は川や河口近海から、という按配に、

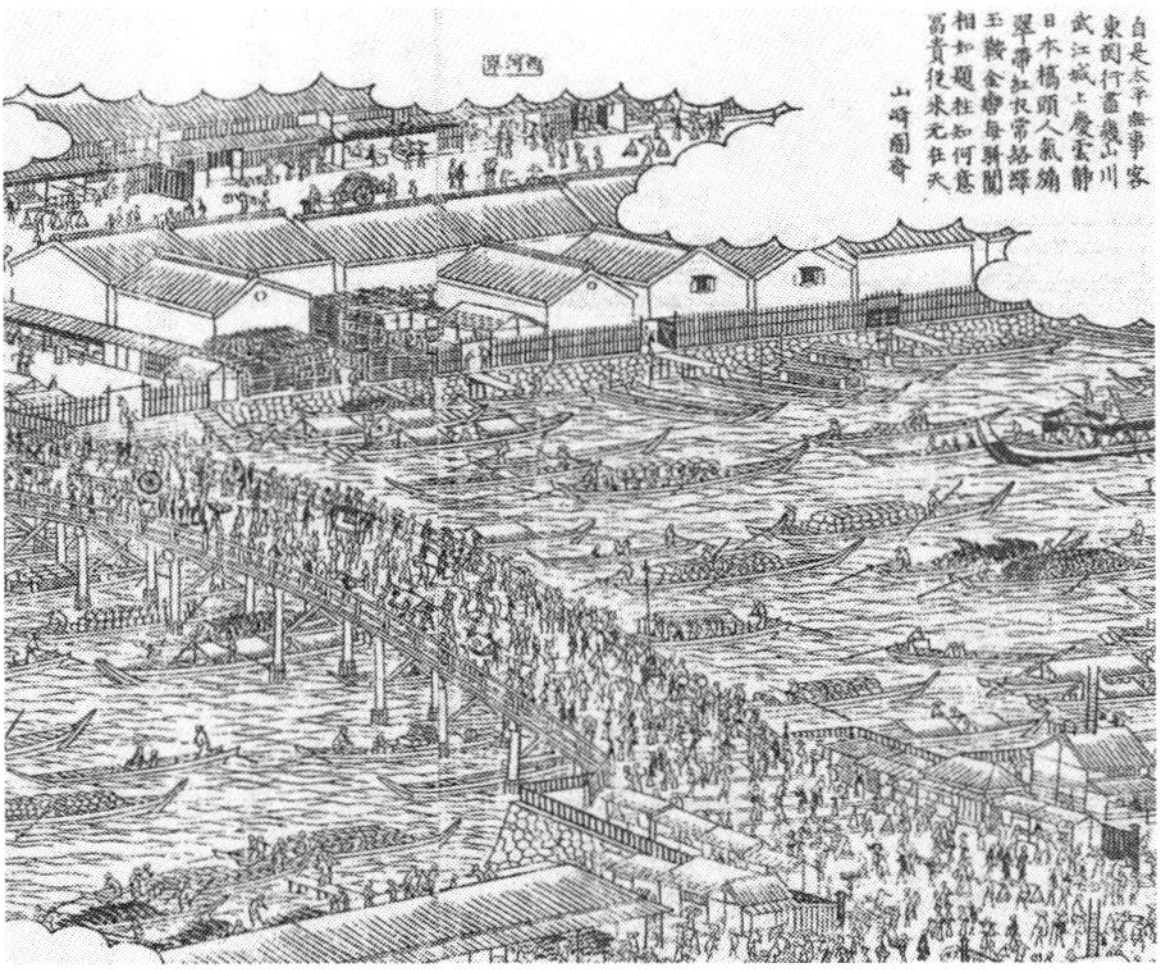

図会に見る往時の日本橋。水上交通は江戸の大動脈だった（「江戸名所図会」）

いちど江戸湾近くに集積した物資は掘割を通じて、江戸の町の隅々にまで広がってゆく。したがって江戸のひとびとの口に入るものの大半は、川や堀から上がった。

徳川幕府は軍事的理由から大型船の造営を禁じたため、日本は世界の船舶史上大きく遅れたといわれるが、江戸の町の流通を助けた川船はむしろ発展している。例えば現代のタクシーにも相当する快速船「猪牙船《ちよきぶね》」は、正徳四（1714）年には七百艘もあったという。

猪牙船の語源には、いくつかの説がある。『江戸砂子』には「長吉という者が、より速度が出るように船のかたちを工夫し、玉屋勘五兵衛、ささ屋利兵衛に造らせた。長吉の名と、船のかたちが猪の牙に似ているので、猪牙船と名付けた」とあり、また『延享二年春吉原細見』には「水上の小さな点という意味の、ヽ機船の意」、あるいは『嬉遊笑覧』には「小速い意味のチョロやチョキが語源」などと記されている。いずれにしても、江戸の掘割を敏捷に動き回る交通機関であったことは疑いない。猪牙船の速さの理由は、その構造にあった。

一般的な猪牙船の大きさは長さ約三十尺、幅約四尺六寸と、長さに比して幅が狭かった。さらに、漢方薬を砕く道具「薬研《やげん》」に喩えられるほど船底が鋭角に切られていたため横揺れが激しく、その横揺れを推進力に代えて速力をあげたのである。あるいは、チョコチョコと横揺れする様がチョキの名の語源かもしれない。

ちなみに、延宝六（1678）年に書かれた『吉原恋の道引』には「小石川、水道橋、牛込、吉祥寺あたりから山谷堀（浅草）までは二丁櫓三匁五分、一丁櫓二匁、浅草橋から山谷堀までは二丁櫓で二匁、新橋から山谷堀までは三匁五分、両国橋から駒形までは一匁、両国橋から山谷堀まで百文」とあり、運賃の目安が解る（銀一匁は銭に換算すると百八文ほど。時代によって異なる）。

猪牙船というと、吉原行きの遊客を乗せた船、というイメージが強いかもしれないが、そもそもは漁船であったともいうし、大きさ、用途もまちまち。そんな小舟が、江戸の町にはあふれていたらしい。幕末、日本を訪れた外国人は、混雑する掘割を「ごめんよ」「あいよ」などと声を掛け合い、譲り合いながら川船が円滑に進む様子を見て、日本人の民度の高さに瞠目したという話も伝わっている。

文人も好んだ酒合戦

その飲みっぷりたるや天下一品。
酒を前にした小籐次ほど絵になる男はいない。
ところで当時の庶民の、嗜好品事情とはいかに。

お酒飲むひと花ならつぼみ　今日もさけさけ　明日もさけさけ——などという都《ど》都《ど》逸《いつ》があってなかなか酒落《しゃれ》ているが、「毎日酒を飲みたい」と庶民さえも願い得たのは、江戸時代ならではの贅沢な望みといえよう。

正倉院には、経文の転写を仕事とする下級官吏である写経生が「仕事が辛《つら》いので、三日に一度は酒を振舞って欲しい」と陳情した奈良時代の文書が残されている。古来、貴重な食料である米をあえて時間と手間をかけて酒に醸す行為は、極めて贅沢な所業であった。空前の贅沢であればこそ、儀式の際に神へ捧げる供物としての必要があったわけで、酒は一般人が軽々しく日常的に消費するべきものではなかった。とはいえ不思議なことに、古代から酒飲みは存在している。大伴旅人は「もし死んだ後に人に生まれ変わることができなければ、酒壺の、しかも底になって酒に浸っていたい」と謳い、『貧窮問答歌』は「あまりに寒いから、せめて酒粕を溶いて飲み、温まりたい」と訴えている。

泰平の時代となり、ある程度農業生産が安定した江戸時代、酒は日本史上新たなステージを迎えたといって過言ではない。幕府は、経済の根幹を米においた。ゆえに米は、江戸や大坂などの大都市にいちど集結し、全国へと運ばれた。こうして集散離合が繰り返されることで、流通が発達し、効率的な運搬ルートが拓《ひら》かれたのである。

　当然、米以外の物資も流通する。菱垣廻船、樽廻船、北前船などによって運ばれた陶磁器や酒は、地方の文化を一変させるほどのインパクトをもっていた。江戸においては、関西から運ばれてきた所謂「下り酒」でなければ酒

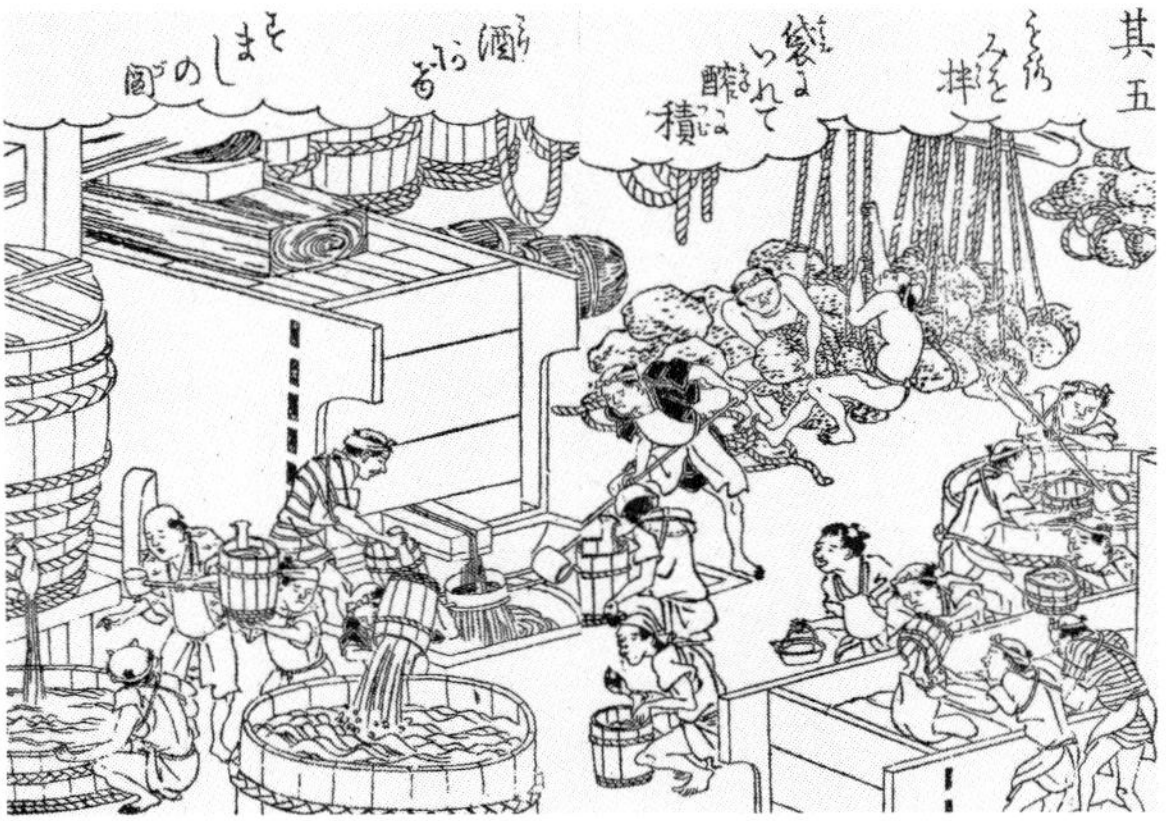

泰平の世を迎え、酒造りのセオリーも確立されていった（「山海名産図会」）

ではないというほど好まれ、天明の頃には年間七十万〜百万樽が船で運搬されたという。

当時、江戸は百万都市であったから、単純計算でも一人当たり一年で四斗樽をひとつ飲んでしまったことになる。酒を飲むのは、なにも金持ちばかりではなかった。文化・文政の頃には、町内には必ず蕎麦屋や飯屋があり、そうした店では一合二十〜三十文で売られていた。上酒《じょうしゅ》と呼ばれた「諸白《もろはく》」は「原料米も麹も白い」という意味で、精米した上等な米から造られた。安価な酒は濁り酒に近く、こちらは江戸近郊で造られた「下らない」酒も多かった。関東近在の酒蔵からも、年間十五万樽ほどは江戸に運ばれていたという。充分に酒が「日常」になるだけの供給が、可能になったのである。

いきおい、量を誇る酒飲みも出てくる。慶安二（1649）年には、川崎宿を舞台に酒合戦が繰り広げられている。土地の旧家池上一族の酒豪ぶりを聞きつけた、これまた大酒家の茨木春朔《いばらきしゅんさく》という医者が、地黄坊樽次《じようぼうたるつぐ》なる酒名を名乗り手勢（飲み仲間）を率いて勝負を挑んだ。ことの顚末を記したのが『水鳥記』で、水鳥とは隠語、水をサンズイ、鳥を酉に置き換えれば「酒」になる。

それから百数十年後の文化十二（1815）年には、千住において大酒コンテストが開催されている。この大会では、谷文晁《ぶんちょう》や亀田鵬斎《ほうさい》など綺羅星のごとき文化人が審査員をつとめ、顚末は江戸文人の代表格大田南畝《なんぽ》が『後水鳥記』に記した。江戸の文人たちは、こうしたイベントが大好きであった。

小籐次が一斗五升を飲み干して次席をとった「柳橋万八楼の大酒大食会」も、滝沢馬琴らが編集した『兎園《とえん》小説』に書き留められている。武士の体面を重んじてか、姓名や藩名は省き、ただ「明屋敷の者」と記されているのが小籐次であろう。「跡にて少の間倒れ、目を覚し、砂糖湯を茶碗にて七盃飲む」との付記がある。他にも、饅頭五十個、羊羹《ようかん》七棹、薄皮餅三十個を食べ、茶を十九杯飲んだ神田の丸屋勘右衛門（五十六歳）、飯を普通の茶漬碗で五十四杯と唐辛子五十八本を平らげた浅草の和泉屋吉蔵（七十三歳）など、剛の者が記されている。実は『兎園小説』にはウソ話のような趣が芬々《ふんぷん》としているので、「大酒大食話自体が虚言である」とする研究者も少なからずあるが、ここは江戸人のように「本当かな？」と眉に唾をつけつつも信じておいたほうが、人生としては楽しい。

武家の格を示す刀

備中次直、孫六兼元、長曾根虎徹は、小籐次の剣技を表す代名詞。しかし、世は泰平。当時の武士にとって刀とはどのような意味をもっていたのか。

俗に「刀は武士の魂」というが、刀を「魂」とまで尊ぶ風潮が確立したのは、おおむね江戸時代とみてよい。源平合戦から鉄砲伝来の頃まで、戦いの主力は弓矢であり、武家は一名「弓馬《きゅうば》の家」と呼ばれた。弓馬に堪能であれば、素裸でも武士は武士。あくまでも技能をもって屹立していたのである。事実、戦闘の際は、刀を抜いて戦うことは皆無ではないまでもむしろ稀であった。接近戦では、薙刀など「打ち物」と呼ばれる、打ち合っても簡単には変形しない頑丈な刃物が用いられた。下って戦国時代にはこれまた頑丈な槍がもてはやされた。太刀は、その光で魔を祓う呪術的な意味合いが濃厚な呪具であった。

腰に差した二本の刀を「魂」だと主張しはじめるのは、泰平の江戸を迎え、馬に乗ったり、弓を引いたりすることを日常的に披露できなくなった武士たちである。その背景には、刀を「家」の象徴としてやりとりした、近世の高級武家ならではの慣習があった。そもそも中世までは、武士の勲功に対する恩賞は専ら《もっぱ》土地であった。その倣《なら》いを一変させたのは織田信長であり、豊臣秀吉である。戦いに明け暮れた戦国時代、戦のたびに家臣に土地を分け与えていては、自分の領地が減るばかり。そこで信長や秀吉は、茶器や名刀に由緒をつけて、恩賞として与えることを思いつく。土地に代わる恩賞であれば、それなりの由緒がなくてはならない。折しも、室町幕府の庇護の下、刀剣鑑定の文化が育まれていた。こうした過程で、刀の位列、格付けが確立してゆく。大名の差料に相応《ふさわ》しいとされたのは、相州正宗、同貞宗、粟田口吉光、郷義弘などの歴史ある名刀。勢州村正はたびたび徳川一族を傷つけたため、将軍家

山の字のような三本杉と呼ばれる刃文が孫六のトレードマーク（写真提供／関市観光協会）

に遠慮して大名は差料とすることを避けた、など数多《あまた》の物語も付帯された。

やがて、刀のランクが武士の家格の象徴になっていった。例えば、江戸時代の大名には、代替わりの際に家伝の名刀を将軍家に献上する風習があった。また将軍家からは、大名が家督を相続する際、あるいははじめて領地に赴く際に、領地の格や家柄に合わせた名刀が贈られた。いずれも「必ず」ではないが、節目節目に名刀を贈答し合う行為は、家の格を再確認するための儀式として、名誉なことと考えられたのである。したがって、身分の高くない侍でも、家伝の名刀を所持していることは、「家の誉れ」であった。

小籐次の赤目家に伝わる備中次直は、南北朝期に備中国青江で活躍した名匠。「その昔、戦場往来の時代に落武者の腰から盗んだものか」などと、小籐次は独り合点しているようだが、それはそれで名誉なこと。桶狭間で今川義元を討った信長は、その腰に佩《は》かれていた左文字の太刀を「義元左文字」と名付けて我が物としている。小籐次所有のその他の刀には、刺客から奪った長曾根虎徹がある。作者の初代興里は江戸以降の刀匠では最高位に格付けられた名工。新撰組局長近藤勇が「実戦に耐える豪刀」として愛用したことはあまりにも有名である。さらには、厄介ごとの始末の礼にと芝神明の宮司から初代孫六兼元(室町時代の名工)を贈られるなど、こと刀に関しては小籐次は高級武家並みの贅沢をしている。

ところで、江戸時代の武士は、鞘内の刃が上になるようにして刀を身に着けるのが常套であった。これに対して中世の武士は、鞘内の刃を下にして刀を帯びるのが一般的である。そもそも両者は刀の種類が違う。中世の武士が身に着けたのは「太刀」。刃渡り二尺(約六〇センチ)以上のものが普通で、鞘の部分に帯取を付け、腰帯に通して佩刀した。故に太刀を身に着けることを「佩く」という。江戸時代の武士が身に着けている刀は、元々は「打刀《うちがたな》」であった。打刀は合戦の際の打ち合いに使う「打ち物」の一種で、刃渡りは二尺以下のものが多かった。反りの深い太刀は馬上で用いるに便が良く、また短めで頑丈な打刀は接近戦向きの武器であった。安土桃山時代頃から戦は歩兵戦がメインになったから、やがて太刀は儀礼で用いられる以外は廃《すた》れ、武士は専ら打刀を腰に差すようになるのである。打刀は腰帯に直《じか》に挟んだので「差す」といった。物が違えば、自ずと言葉も異なったのである。

文書社会が育んだ紙

小籐次の後ろ盾といえば、紙問屋の久慈屋。当時の紙は貴重品だったが、日本ならではの事情で庶民には慣れ親しまれたものだった。

「どうして物乞いが文字を読んでいるのだ?」と、浮世絵を見た外国人が驚いた、という話がある。最底辺の階層に属する人々は文字が読めない、それが百年ほど前の世界の常識であった。しかし、おおむね三百年ほど前の江戸人のほとんどは、堪能ではないまでも読み書きができた——と思われる。江戸時代の識字率は、驚くほど高かったのである。

その大きな理由は、徳川幕府が「文書による管理」を支配の根幹に据えたことにあった。幕府の文書による社会管理の徹底ぶりは、当時、世界のどの国にもひけをとらないレヴェルに達していた。幕府首脳から出された触書《ふれがき》は、天領であれば、町奉行→町名主→町役、あるいは勘定奉行→代官→村役人という按配に、すみやかに庶民にまで普及する。その過程で文書は書き写され、膨大にコピーされた。庶民といえども読み書きは、社会生活を営むうえの必須条項だったのである。

そして、そうした秩序をつくりあげるためには、もう一つ必要条件がある。触書を書き写すための「紙」の普及である。

没落した紀伊國屋文左衛門は、天井板をはることができないほど貧しく、板の代わりに紙を張っていた。しかし、よくよくみればその紙は、どれ一枚として同じ産地のものがなかった。落ちぶれても流石は数寄者の紀文だと、趣向の面白さが評判になった、などという話が伝わっているほど、江戸の町にはさまざまな種類の紙があった。

進物の包装や表具に使われた、光沢のある厚紙「檀紙《だんし》」。雁皮《がんぴ》を原料とするなめらかな「鳥子紙《とりのこがみ》」。楮を原料としたき

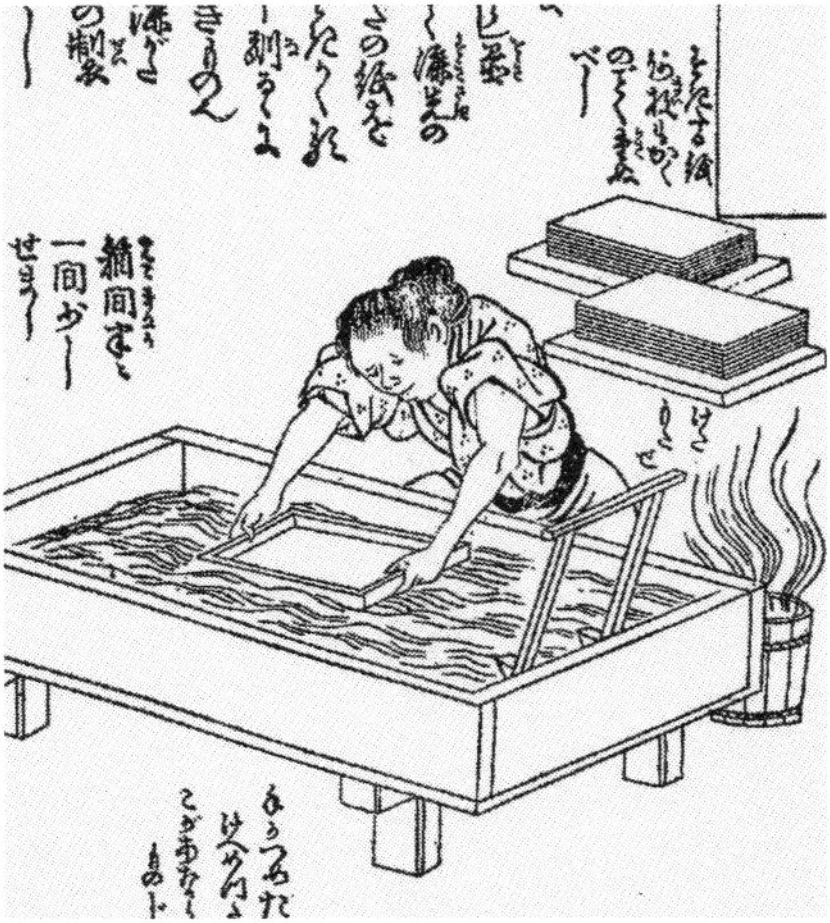

石見国の石洲半紙の紙漉。農家にとって紙の製造は農閑期の貴重な副業だった（国東治兵衛「紙漉重宝記」）

め細かな「奉書紙」は、上意を下に通達する重要文書「奉書」に使われたのでこの名がある。

また、比較的安価で強度の高い「美濃紙」は、江戸時代に紙といえば一般的にはそれをさすほど普及していた。触書を書き写す際に使われたのは、もっぱらこの美濃紙である。美濃国武儀《むぎ》郡一帯で漉《す》かれたことからこの名があり、近江商人の手で全国に広められた。幕府は、武儀郡各村に御用紙納入の義務を課し、また美濃の笠松と三輪に紙蔵を設けて紙の獲得を図ったという。

小籐次が何くれとなく世話になっている紙問屋久慈屋のルーツでもある常陸の「西ノ内紙」は、幕府の評定所に訴状を提出する際には必ず用いなければならない格式ある紙であった。本編にも「常陸国久慈川流域に生える良質な楮を原料にして久慈川の清流に晒され、造られる久慈紙（中略）別名西ノ内紙は徳川光圀が名付け親で（中略）『大日本史』にもこの久慈紙、西ノ内和紙が使われていた」とあり、「天平宝字二年（七五八）、淳仁天皇の御代にすでに漉かれていたといい、奈良時代に写経料紙としてさらに技術が向上した。那須楮を伐採するところから、楮蒸し、皮はぎ、水浸け、煮熟、あく抜き、ちり取り、叩《こう》解《かい》、紙漉き、脱水、乾燥、選別、裁断などの工程を経て、丈夫で水にも強く、虫もつかず保管の利く西ノ内和紙が出来上がる」と紹介されている。

文書管理社会において、文書が失われることは一大事。ひとたび火事が起これば、書類は井戸に投げ込まれた。火が収まった後に引きあげて乾かせば、水に強い美濃紙や西ノ内和紙であれば、文字が滲《にじ》むこともなく再利用できたというわけである。

ところで、「比較的安価に流通していた」とはいえ、江戸時代、紙ははなはだ貴重なものであった。このため、一度使われた紙をリサイクルする「漉き返し」の技術も発達し、鼻紙や落し紙などに再利用された。江戸では、田原町や山谷に漉き返しの工房が多かったため、漉き返し紙は「浅草紙」と呼ばれた。屑紙を集め、細かく裁断し、煮て、また漉きなおす――というのが工程だが、一度煮た原料を冷ますのには少々時間がかかる。この「冷やかし」ている間、職人はヒマになるため、近くの吉原遊郭を覗きに行って時間をつぶした。買う気もないのに、ただ見ることを「冷やかし」というのは、ここから来ているという。

粋に洗練進む外食

出職の小籐次は、得意先のある町辻で
さまざまな物を食している。
当時の食事情に垣間見られる江戸っ子気質とは何なのか。

江戸幕府開闢当初は、少なかったという江戸の食べ物屋も、明暦以降は増え続け、幕末には店構えの蕎麦屋だけで三千七百軒を超えていたという。

江戸の町の食事は、大きく「家で作るもの」と、「店屋《てんや》もの」に分けられた。自分の家で食事を調《ととの》えることは、これでなかなか厄介であった。釜や鍋の大きさはある程度決まっているので少なく作ることが難しく、保存設備もなければ、火の始末も面倒……そんなことから、家で食事を調えるのは大店や所帯持ち。江戸の町に多くいた独身者の食生活は、もっぱら店屋ものが支えていた。店屋ものにもいくつか種類がある。納豆、豆腐、金時豆、稲荷寿司、ゆで卵、ところ天、舐め味噌や金平牛蒡《きんぴらごぼう》などの惣菜まで、あらゆる食べ物を売り歩く「棒手振り」。天ぷら、寿司、おでん（田楽）、蕎麦など、辻に構えて客足を止める「屋台売り」。そして一戸を構えて料理を出す「店売り」である。江戸時代初期はもっぱら棒手振りや屋台が多かったが、安政年間（１８５４～60）に和歌山の医師が書いた『江戸自慢』には「いかなる端々にても、膳めし、蕎麦屋、しるこ餅、腰掛茶屋のなき所はなし」などとあるから、江戸も中期を過ぎた頃には、店売りや料理屋も増え外食をするに不自由はなかったはずである。

　三田村鳶魚《えんぎょ》によれば、江戸っ子、すなわち鳶《とび》・大工・左官・棒手振り・駕籠《かご》舁《かき》などといった人々は身軽でなければ務まらないから、小食にしてたびたび食事を摂る傾向があったという。大食いは田舎風と嫌われた(『江戸ッ子の食好み』)。ちょっと小腹が空くと蕎麦を食べ、またしばらくして空腹を感じたら、屋台の寿司をつまむ、という按配。当時、屋台の寿司はひと口六

江戸時代も中頃を過ぎると、たいていの町内に一軒は蕎麦屋があった(「絵本江戸土産」)

貫づけであったというから、軽くつまむにはちょうど頃合といえよう。

蕎麦も、ごて盛りの田舎蕎麦をお腹一杯に詰め込んでは仕事にならないので、ホンのちょっぴり。今でも、江戸風の蕎麦の盛りが少ないのは、そうした歴史に因《よ》っている。江戸中期を過ぎた頃には、町内に必ず一軒はあったという蕎麦屋は、食事どころというよりも、現代人がちょっとひと休み、あるいは打ち合わせに使う、喫茶店のような存在だったのである。

「蕎麦切り」の歴史は、文献的には室町末期の天正二（1574）年（定勝寺文書『信濃資料』第十四巻所収）に遡るのがせいぜいで、しかも当時の蕎麦切りは、つなぎを使わぬために蒸籠《せいろう》で蒸して調理した、「蒸し蕎麦」であった。蕎麦を蒸籠に盛る、所謂「せいろ」の起源はこの「蒸し蕎麦」にあるのだが、しかし味は、現在の蕎麦切りとは全くといってよいほど方向性を異にしている。ぺとっ、とした舌触りで、蕎麦独特の香りが強く、むしろ、きしめん状の平打ちにして黄粉《きなこ》でもまぶすと、それなりに風味がある。どちらかといえば菓子に近く、饂飩《うどん》や蕎麦が江戸初期には菓子屋で商われていたという故事も、さもありなんという味わいである。

麺を茹でて調理する今様の蕎麦切りの出現は、寛永年間（1624〜44）に奈良東大寺の客僧として朝鮮より来朝し、小麦をつなぎに加える製麺法を伝えたという元珍坊の伝説を待たねばならない。しかし、この蕎麦切りは関西には定着しなかった。思うに、五穀に入らぬ雑穀に過ぎない蕎麦のつなぎに、五穀のうちでも米に次ぐ貴重な食材である小麦を用いることは、上方人の感覚に合わなかったのだろう。しかし、かかって歴史や伝統を持たない新興都市の江戸においては、貴重な小麦を用いて蔑まれていた蕎麦を洗練すること、つまり、香り高くしゃっきりと歯触りのよい蕎麦切りに仕上げる技の妙が「粋」と喜ばれた——というわけである。

小骨が多く脂っこい鰻は、捌《さば》いて、蒸して、炭火で焼き上げた。血腥《ちなまぐさ》い鮪は、醤油の香りを効かせて、酢飯で握った。口あたりの悪い蕎麦粉は、小麦をつなぎとしてしゃっきりとした麺に仕立てた。下品だったり、粗末だったりするものを洗練し、美食の域にまで高めてしまうのが江戸という時代であり、町であった。すなわち、食に対する遊戯性とそれを支える技巧の尊重が、江戸時代の都市食文化の特徴と言えるかもしれない。

下士の内職・竹細工

小籐次が拵えた竹とんぼや風車は、時に絶妙な得物となる。実は武士にとって、こうした細工物は意外に縁のあるものだった。

「今は昔、竹取の翁といふもの有りけり。野山にまじりて、竹を取りつつ、よろづの事につかひけり」と、日本に現存する最古の物語『竹取物語』の冒頭にもあるように、竹細工は、「よろづ」に形を変えて使われる、最も身近な道具の一つであった。ことに、「荒物」と呼ばれた笊《ざる》や籠《かご》などは、古代以来、江戸、明治の時代はもとより、昭和中頃に至るまで、貴賤の別なく用いた生活必需品である。

竹は、一説にその語源が「猛《たけ》る」であるといわれるように、比較的手軽に繁茂し、瞬く間に生長する。材木と異なりちょっとしたスペースにも根付くし、なにより育てる手間のかからない草本である。また、弾力性に富み、「竹を割ったよう」という慣用句もあるように、目が通って扱いやすい。竹細工がしばしば、貧しいひとびとの生活の資を稼ぐ手段であったゆえんともいえよう。

本編によれば、小籐次がかつて仕えていた豊後国森藩の江戸下屋敷では、奉公人が総出で、虫籠と団扇《うちわ》の内職に励んでいる。どちらもその素材は竹で、近くの今里村の入会《いりあい》地で調達されたものである。

江戸時代も中頃を過ぎると、商品経済の発達にほとんどの武家の内証はついてゆけなくなる。たとえば、関ヶ原の合戦の頃に一万石を領していた藩の収入は、五十年経《た》っても、百年経っても、当然一万石である。しかしながら、泰平の江戸時代。多くの商品が出回り、物価はどんどん上がってゆく。家来の数が減るわけではないので、物価上昇の分だけその生活は苦しくなるのである。

江戸の竹細工職人。手前の一人が浪人のように見えるのは気のせいか（鍬形蕙斎「近世職人尽絵詞」）

したがって、どこの武家でも、生活を支えるためには内職をしなければならない仕儀となった。昭和初年に江戸の生き残りの老人たちから思い出話を収集した『増補　幕末百話』（篠田鉱造、岩波文庫）には、「旗元中根定之助《なかねさだのすけ》様――このお屋敷は御家来が家根釘《やねくぎ》を拵えていました。有名のもので、家根屋《やねや》で知らんものはない。チョット各お屋敷の内職を申せば、彦根《ひこね》（井伊《いい》様）の畳糸、板倉高八《いたくらたかはち》（高塚八蔵《たかつかはちぞう》）の釣糸、米津《よねづ》（ママ）の籐細工、榊原《さかきばら》の提灯、橘《たちばな》の蠟燭の芯等がありました」などとある。この他にも、金魚、朝顔、植木に楊枝、耳搔き、傘張り、風車などなど、武家の名物内職は枚挙にいとまがない。

たとえば朝顔の仕立てには、竹のひごが欠かせない。耳搔きや、傘、団扇、虫籠、風車などはいうまでもない。武家の内職に竹製品もしくは竹関連のものが多かったのは、「細工が手軽」という一方、武家屋敷には「たしなみとして竹が植えられていた」という背景がある。

そもそも中世の武家屋敷は、敵襲に備えて高台に造られた。あるいは土を盛るなどして、簡単ながらも堀や土塁を設けるのが一般的であった。そのようにして高低差が生まれた地盤を固めるには、なにより竹を植えることが手軽な対処だったのである。それればかりではない。竹は、格子に組めば矢来《やらい》や馬防柵になる。筏《いかだ》状に組んで何枚か重ねれば、鉄砲玉さえ除《よ》けられる。斜《はす》に切ればそのまま竹槍になるし、いざとなれば、矢の代わりにもなった。矢竹と呼ばれる篠竹の一種を島々に植えておき、なくなればそのつど島に寄って補給し、矢羽もつけずに簡易な矢として用いるのは、小籐次の先祖・瀬戸内の海賊が得意とした船戦の常套手段であった。たとえ鉄製の鏃《やじり》はなくとも、斜に切った篠竹には充分な殺傷能力があるという。

すなわち竹は、重要な軍事物資だったのである。このため、戦国時代にはたびたび、勝手に竹や木を切ること（敵方に販売したり、味方の供給物資を失ったりすること）を禁じた竹木伐採禁止令が、出されている。ゆえに武士たち、ことに下士たちは、たしなみとして竹の扱いに慣れていたのだろう。

本来、軍事目的で植えられていた竹であるが、泰平の時代を迎えて内職の素材になってしまった。とはいえ、下士たちにしてみれば、矢来を組むか細工物を作るかの違いはあっても、御奉公には変わりないのだから、案外面目躍如たる矜持で、内職の細工に励んでいたのかもしれない。

夜なべを支えた行灯

夜、灯りのない生活なんて
現代人には想像もできない世界。
江戸の人々はどのように暮らしていたのだろうか。

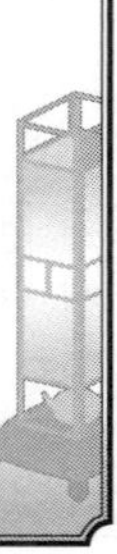

古来、照明はひどく贅沢なものであった。

煮炊きのために火を使う必要はあっても、闇を照らすためだけに火を灯《とも》し続ける必然性が、著しく少なかったゆえである。どうしても夜歩きをしなければならない場合は、松明《たいまつ》を使った。これは読んで字のごとく、脂《やに》の多い松の木に火をつけたもの。室内では、松の木の、根や幹など特に脂の多い部分を細かく割って燭台の上で灯すのが、稀ながらも一般的な照明であった。

古代、例外的に室内照明を必要としていたのは寺院である。

奈良〜平安の頃に流行った法儀に「燃灯供養」と呼ばれるものがある。信者たちが「献灯」と称して数多くの灯火を寺院に捧げる信仰で、灯火の油には、椿、榛《はしばみ》、荏胡麻《えごま》などが用いられた。灯火は、皿に油を張り、灯芯を入れただけの簡単な照明であったが、以後この形が灯りのスタンダードとして、江戸時代まで引き継がれることになる。

蠟燭《ろうそく》は、すでに奈良時代に中国から伝来していたため、格式高い寺院では使用されることも皆無ではなかったが、甚《はなは》だしく高価であった。蠟燭の国産化に成功するのは室町末期頃のこと。江戸期に入ると、漆や櫨《はぜ》の木の実から作る木蠟燭が山城、越後、陸奥などで作られるようになり、提灯の灯りなどに用いられるようにもなるが、贅沢であることに変わりはなかった。

江戸時代中頃から、大坂近郊の農村地帯を中心に大規模な菜種油の生

美人画にも描かれた行灯。小籐次が吉原で売り込みを行ったことにも納得（「江戸名所百人美女　千住」）

産がはじまる。これを受けて、大都市に油を扱う問屋、株仲間が結成され、安価な油が流通するようになった。こうした背景を得て、江戸中期から幕末にかけて、灯りに庶民の手が届くようになったのである。

本編で、小籐次をはじめ隣家の版木職人勝五郎なども、急ぎの注文が入った折には夜なべで仕事を片付けている。これは、菜種油の普及によって、夜っぴて灯火を灯しても、採算が合うようになった江戸後期ならではの設定である。例えば江戸初期であれば、いかに急ぎの仕事とはいえ、庶民が仕事のためにひと晩中灯火をつけておくことなど、ありえなかっただろう。

彼らの夜なべを支えた、江戸ならではの灯りが「行灯」である。

行灯は、油皿の周囲を紙張りの枠で囲んで、灯火の安定を図ったもの。はじめ室町の頃は、文字通りに持ち運び用の灯りをさしたが、江戸時代に入ると、持ち運び用の灯りである「提灯」や「手燭」には、国産の蠟燭が用いられるようになったので、行灯はもっぱら据え置かれるようになったのである。

座敷行灯には、形や素材にこだわったさまざまな種類のものがあった。円筒形の火袋をあえて囲みきらず、灯火の微妙な風情を楽しむ「遠州行灯」は、数寄茶人の小堀遠州の考案という。また、「有明行灯《ありあけ》」は、火袋に箱蓋をかぶせるなどして灯りを弱め、ひと晩中灯し続ける工夫を凝らしたもの。蓋をとれば、すぐに明るくなり、また所用の際にはいちいち灯りをつけずとも、そのまま携帯できて便利この上ない。「八間」は、湯屋や寄席などで使われた大型の行灯で、あらゆる角度を照らすので「八方」ともいう。

また屋外には、看板代わりの「先《さき》行灯」、駄洒落を記した「地口《じぐち》行灯」、空気の対流を利用した回転式の「廻灯籠」などがあった。いずれも、遊戯性や広告性の高いもので、用もないのに灯りを灯しつづけられるほど、油が普及していた証左といえよう。

菜の花や月は東に日は西に――と、与謝蕪村が安永三（1774）年の三月二十三日に詠った句は、恐らく単なる叙景詩ではない。農村が、油という商業を基本とした経済活動に呑み込まれ、一面菜の花畑に作り替えられてしまった時代の移ろいが描かれている。大坂近郊の富裕な農家に生まれ、しかし経済活動のどさくさで生家が没落した――と伝えられる蕪村のプロフィールを重ね合わせると、より感慨深いものがある。

長屋の差配

現代では失われつつある、相身互いの暮らしぶり。
それが魅力の長屋暮らしは、
非常に合理的で人間的な仕組みに支えられていた。

赤目小籐次が住まいする新兵衛長屋は、「芝口新町の裏長屋」である。基本的な江戸の長屋の広さは九尺二間（間口約二・七m、奥行約三・六m）。入口にはへっついと呼ばれる竈《かまど》をしつらえた台所、小さな座敷が二つほど。「割長屋」と呼ばれる形態であるらしく、路地から庭へと吹き抜けている。他に長屋の形態として、背中合わせに双方の路地を向く二列形式の「棟割長屋」があった。どちらにしても、隣との隔たりは薄い壁一枚。新兵衛長屋は、裏手がお堀の石垣に直結しているので、舟で商いに出る小籐次には至極便利な構造といえよう。

江戸の町屋は、大きく表店と裏店に分けられる。表店は表通りに面し、当然、店構えの商家が多く、経済的にもゆとりのある町人が住んでいた。これに対し裏店は、表店の裏に路地を切って配置されている区画。したがって、すべてではないが、たいていの裏店は長屋であり、接触する表店の主人の家作であった。裏長屋には、住人たちが快適に暮らすための工夫、人間関係を円滑に整える仕組みがあった。リーダーとして、あれこれと住人の面倒を見るのが差配である。差配は、長屋のオーナーである家主が兼ねることもあるが、現代の管理人に相当する家守《やもり》に委託されるのが一般的であった。習慣として、家主も雇われの管理人である家守も、あるいはそのどちらをも指す場合がある差配も、すべて「大家さん」と呼ばれた。長屋の表裏には木戸がある。表の木戸の鴨居には、長屋に住む人々の名前や商売を記した札がかけられることもあったようだ。「暮れ六つかぎり〆切の事」といって日が沈むと閉め、朝には開けるのが建前だが、これは差配が裁量し

落語や滑稽本でも、裏長屋に暮らす庶民の姿が描かれた（式亭三馬「浮世床」）

ていた。井戸はたいてい長屋当たり一つ。これがために多くの住人が井戸の付近で顔を合わせることになり、「井戸端会議」という言葉も生まれた。便所は「惣後架《そうごうか》」「惣雪隠《そうせっちん》」などと呼ばれ、長屋によって数はまちまち。戸数が多ければ、便所もそれだけ多く作られた。汲み取りは、契約を結んだ江戸近郊の農民が行い、謝礼を払う。京大坂では、謝礼として野菜を置いてゆくのが一般的であったらしい。この汲み取りの謝礼金は、差配のものになる決まりであったが、たいていの差配は、いちど自分の懐に入れたうえで、長屋の運営費に回していたようだ。それが、差配の信用にも繋がったのだろう。

長屋の住人に細々と眼を配る差配の仕事は多岐にわたる。ことに溝板の補修や引き戸の修繕などという小さな環境整備には、細かく眼を行き届かせていた。差配は長屋の一部に住みながら、必要を感じるとすぐさま家主に報告する。それが、家主の財産である家作を守る差配の役目でもあった。

当時の表店の商家には「出入り」と称する鳶、大工、左官、植木職などの職人がいたもので、彼らはたいてい裏店の店子であった。特に修繕や改築の用がなくても、職人たちは事あるごとに家主の表店に顔を出す習慣が、これは昭和のつい先ごろまで、あった。研ぎの職人である小籐次も、ある意味では久慈屋出入りの職人として、町場における自分の居場所を見つけた、といえようか。

こうした関係性を面白おかしく描いた噺に、落語「寝床」がある。下手な浄瑠璃を聞かせたい家主は、差配に相当する番頭を手先にして店子を招き、店子はなんとか口実をもうけて逃げようとして、差配は板ばさみになってしまう。家主、差配、店子という相関関係からは、長屋という都市の住環境が窺える。

江戸の町には男性独身者、たとえば商家に奉公にあがった者や腕を見込まれて地方から招かれた職人、あるいは小籐次のような浪人などが割合に多かった。家庭を持たずに生涯を終える者も少なくない。小籐次の身上にもそんなニュアンスがあるが、彼らはその境遇を別段不幸とは思わなかったようだ。手に職さえあれば食うには困らず、人恋しければ擬似夫婦に相当する公娼、私娼制度もあった。病に罹って働けなくなれば「大家といえば親も同然」と、差配や近所の者がしばらくの間は面倒を見てくれる。それに、医者になぞかかれないから、寝付いたらほどなく死ぬ。だから「宵越しの銭」など持たなくて良かった。それが、粋でいなせな江戸っ子の一つの類型になっていったのである。

酔いどれ小籐次 トリビア集 5

小ネタも楽しい。小籐次こぼれ話

◆ 小籐次の珍場面（第五巻『孫六兼元』）

加賀湯で朝湯中の小籐次が刺客に襲われる。仕方なく濡れ手ぬぐいと桶を武器に撃退するが、その際、仁王立ちになった小籐次の一物がなぜか怒張。周囲の客に「小さな体に比べて立派な一物だ」と感心された。

◆ 竹とんぼを武器に（第二巻『意地に候』）

難波橋《なにわばし》の秀次の手先に追われたお尋ね者の武造が、通りすがりの娘を人質に久慈屋に逃げ込む。武造は小刀を娘に突き付ける。その場に居合わせた小籐次はとっさに竹とんぼを武造の顔に向けて飛ばし、気をそらせた。竹とんぼが初めて武器になった瞬間。

◆ 酔いどれ小籐次誕生（第三巻『寄残花恋』）

読売が小金井橋の13人斬り（第二巻『意地に候』）をネタに小籐次を大々的に紹介。そのときのキャッチフレーズが「酔いどれ小籐次」。以後、小籐次の異名となる。

◆著者インタビュー◆

なぜ今、異形のヒーロー・赤目小籐次なのか？

数多の人気時代小説シリーズを手掛ける著者が、「酔いどれ小籐次留書」に込めた思いとは何だったのか。

（聞き手／文芸評論家・細谷正充）

酔いどれ小籐次誕生秘話

細谷　「酔いどれ小籐次留書」シリーズの主人公・赤目小籐次は、スタートの時点で年齢がすでに四十九歳です。しかも大顔、禿げあがった額、大目玉、団子鼻、大耳の「もくず蟹」にも似た風貌で、身長も五尺一寸（約一五三センチ）程度となっています。長身で、どちらかというと眉目秀麗な主人公の多い佐伯作品のなかでは、異形の主人公と言えるように思います。

佐伯　それについては、とくに理由はなかったんです。ぼくの場合、いつもその場の思いつきで決めることが多いから（笑）。それまでのぼくの書く作品の主人公に長身でカッコよくて……というタイプが比較的多いのは、要するに自分にないものを求めていたからかもしれません。ある種、自分の理想像を描いたと言える。

小籐次を書き始めた時点では、すでにそうした主人公を設定したシリーズがいくつか出ていました。ですから、今度はそれとは正反対の主人公にしようかなと。

細谷　年齢設定については、ご自分の年齢とも多少、関係はありましたか。

佐伯　それは当然ありますね。小籐次を書き出したのは平成十六年で、ぼくは六十二歳ですよ。五十代と六十代って、なってみるとわかるんだけど、あらゆることが違ってくる。体調がなんとなく違ってきたり、今まではしなかったような病気が出てきたり。歩く速度もぜんぜん遅くなるしね（笑）。

それから「酔いどれ小籐次」シリーズが始まった平成十六年当時は、いわゆる「二〇〇七年問題」というのがマスコミで騒がれていた。二〇〇七年、つまり平成十九年になると団塊の世代が一斉に定年を迎え始めるということが、大きな話題になっていたんです。編集部とはそのあたりのことも勘案して、年輩の主人公というのも面白いなという話をした記憶があります。

そういう意味で小籐次というキャラクターには、作者にとっても、現実の自分を仮託しやすいということはあるかもしれません。読者から編集部に届くハガキなどにも、年輩の読者から「勇気づけられる」というようなことを書いてくるケースがけっこう多いようです。

細谷　江戸時代の平均寿命からいえば、四十九歳というのはかなり晩年に近い感じですよね。

佐伯　そうそう。人生の終わりですよ、普通は。

細谷　そういう年齢にもかかわらず、相変わらず三両一人扶持の貧しい厩番でしかない。しかもそこから、第二の人生を歩んでいくわけです。そして、おりょうさんのような見目麗しい女性とも親しくなるし、うづちゃんのようないい娘とも、ある意味で親子関係以上に親しくなる。そんなこと、普通は……。

佐伯　ありえない、ありえない（笑）。現代だってありえない。まして江戸時代なら厩番のまま終わるのが普通です。わずかな給金も借り上げでろくに支払ってもらえないような状況で、生活に足りない分を内職で竹細工をやりながら補って、そのまま下屋敷のなかで地味に人生を完結する。それが普通なんです。
　下屋敷の外に出ても、せいぜい品川あたりまでしか行動範囲はない。小籐次の生きる世界は宿命として、下屋敷の中にしかなかった。それだけに、たまたま外で行き会ったおりょうへの思慕の念というのも、逆にものすごく強くなったはずです。

細谷　そういう生活はそういう生活で、けっこう満足して終わっていたかもしれませんね。だからこそ、そういう境遇から脱出するには、やっぱりあの御鑓拝借みたいな破天荒な「装置」が必要になってくる。

佐伯　ええ。小籐次は主君の恥を雪《すす》ぐために御鑓拝借をやるんだけど、結果的に、御鑓拝借騒動が閉塞した世界を脱出し、飛翔するための手段にもなっているわけです。主君のためであると同時に、自分を縛りつけてきた狭い世界から自分を解放するための闘いともなっている。

細谷　それにしてもあの御鑓拝借という手段はどこから思いついたんですか？

佐伯　御鑓というのは参勤交代の際の各大名家の象徴みたいなものですからね。自分の殿様が他の殿様に城中で恥辱を受けた場合、いちばんいい恥の雪ぎ方はどんな形がふさわしいんだろうと考えた。思いついたのはお返しで相手にも恥をかかせるということです。となれば、大名行列の鼻先で御鑓を奪うというのが最も効果的なのではないかと。そういうふうになったんじゃないかなぁ。

細谷　さらに衆人環視のところで奪うわけですから、噂はあっという間に広がるし、話がどんどん派手になっていく。読んだ瞬間、非常にうまいなと思いました。

佐伯　それも偶然なんですけどね（笑）。時代小説はもう百五十冊近く書いていますが、書き始めた最初から今に至るまで、物語の起承転結を考えてから書いたことって、一度もないんです。冒頭のシーンだけとにかく考えて、あとは風に吹かれてあっち行ったりこっち行ったりしているうちに、物語ができていく。「酔いどれ小籐次」シリーズも、最初の御鑓拝借だけ考えて始めて、今みたいになっちゃった。

山に追いやられた海の民の矜持・来島水軍流

細谷　大酒飲みという設定もユニークですね。

佐伯　実はその大酒飲みという設定は、小籐次の年齢設定よりも前に決めていました。ぼくが新しい時代小説のシリーズのアイデアを練るときは、まずほかのシリーズとバッティングしていない時代を見つけることから始めます。小籐次の場合には、今まで扱っていなかった文化・文政時代にしようということを、まず決めた。それで当時の歴史関係の本を読んでいたときに、たまたま文化・文政時代当時の時代的特色を表すイベントのひとつとして「大酒」や「大食い」の大会が開催されていたという事実を発見した。

細谷　大会が開かれた柳橋の万八楼も、実在の料理屋さんなんですよね。

佐伯　そうです。で、これは面白いなと思った。これをどうにかして使えないかというので、小籐次の冒頭のシーンにつながったわけです。実はこの大酒飲みという設定も小籐次の年齢設定に影響を与えています。というのも、大酒飲んで酔いつぶれるのは若者より、自分の経験から言っても中高年のほうが自然です（笑）。若い人のほうが量はたくさん飲めるかもしれないけど、酒を味わい尽くした上で、ついつい大酒になってしまうというのは、やはり中高年の性《さが》でしょう（笑）。

細谷　来島水軍流はどういうところから考えつかれたんですか？

佐伯　ぼくの作品の主人公は、ぼくのルーツである豊後（大分県）と深い関わりのある設定が多い（注・生まれ育ちは北九州市）。例えば「密命」シリーズの金杉惣三郎が豊後相良藩、「吉原裏同心」シリーズの神守幹次郎が豊後岡藩、「居眠り磐音」シリーズの佐々木（坂崎）磐音が豊後関前藩、小籐次が豊後森藩の元藩士という設定です。このうち豊後岡藩と豊後森藩は実在の藩で、久留島家はもともと瀬戸内水軍の出なんですね。海の民です。ところが関ヶ原の後に、海から山へと領地を変えられ、追いやられてしまう。水軍でありながら山の民として生きなければならなくなった。逆にそういう民だからこそ、海に生きていた時代の矜持みたいなものをどこかで伝えているのではないか。

それが「瀬戸内水軍の名残の剣技」としての来島水軍流が、主人公の家に伝わっているという設定にも繋がってくるわけです。

細谷　佐伯さんの数ある時代劇シリーズの主人公のなかでも、小籐次はいちばん、自分に向かってくる相手に対して、斬ることに躊躇《ちゅうちょ》がないような気がします。

佐伯　確かにそうかもしれないですね。やっぱり最初に死に物狂いの戦いからスタートしている。しかも年齢が当時の常識では晩年に近いですから、いろいろな意味で割り切っている、腹をくくって戦っているということはあるのかもしれない。

細谷　シリーズにしていくことは最初から決めていたんですね。

佐伯　それは決めていました。当時の出版界の要請みたいなものもありまして、文庫

書き下ろしシリーズで安定的に、コンスタントに一作ずつ各社から出していくという路線が固まりつつあったころでしたから、「酔いどれ小籐次留書」シリーズもその路線で行くことは当初から決めていた。

細谷　あまり先の展開は考えず、自然の流れにまかせてお書きになるということですが、二巻目以降は御鑓拝借の事件で斬った人の遺族や関係者が、今度は敵討ちのために小籐次の前に次々現れてくる。話は確かに自然に転がっていきます。

佐伯　それがぼくにとっては、連作の楽なところなんですね。一方で御鑓拝借の関係の事件がしばらく縦糸になって続く。一方では小籐次が生活を始めた江戸の深川や品川あたりで、庶民がらみの小さな事件も横糸になって起こってくるという感じで。ただ、楽なことばかり考えているとすぐマンネリズムに陥るんですよ。

細谷　でも小籐次だけじゃなく、佐伯さんの作品の場合には、時間の経過とともに主人公も周囲の人も年をとっていき、自然と登場人物も増えていく。いろいろな登場人物がそれぞれの事情を抱えて、例えば新兵衛長屋の差配役である新兵衛さんが最初は元気だったのに、四巻目『一首千両』では認知症になってきたりとか。いろいろな人が次々に事件を起こすから、マンネリになりにくいのではないですか？

佐伯　それは確かにそうなんですけど、以前に書いた登場人物をどんどん忘れていくから困っちゃうんだ（笑）。ほんと、大半は書いたそばから忘れてしまいますね。

永遠の思慕の人おりょうは小籐次の旗印

細谷　しかし、今のように毎月新刊が出てくる執筆ペースですと、一つのシリーズの作品を書き終えたらすぐ、別のシリーズの作品に取りかからなければならないでしょう。いったい、いつ資料などを調べるのかというのも不思議なぐらいの多忙さですが、少しは切り替えのための「間」をあけるんですか？

佐伯　いや、間はまったくあけません。例えば「密命」シリーズの一冊を書き終えたとします。で、次が「酔いどれ小籐次留書」シリーズだとしたら、「密命」シリーズを書き終えたその日のうちに、とにかくタイトルを書いて、最初の一行二行だけでも書いておく。すると次の朝、もうそのモードで書き始めることができる。

細谷　なるほど。

佐伯　小籐次が今どこにいて、何をしているのか。長屋にいるのか、小舟に乗っているのか、どこかお得意さんのところで研ぎの仕事をしているのか。あるいは、おりょうさんのところへ、何か用件があって急いでいるのか……。そんな状況だけ書いておけば、翌日がすごく楽なんです。

細谷　それは何かフックのような役割を果たすもので、そこにとりあえず引っかけておいて、次の日に一気に登っていく……みたいな感じですか。

佐伯　そうですね。それとぼくの場合はですね、もう百五十冊近くも時代ものを書いてきているわけですが、いまだにどこかで不安な部分を感じているところがある。現代ものを書いていて、それがまったく売れなくて、時代小説に転向したという出自があるせいか、一から書こうとすると、相変わらず書けるかな……書けないかな……と不安に襲われるような、そんな感じがある。だけど一行でも二行でも前の日に書いていれば、その続きを書けばいいというふうに思える。

細谷　これだけシリーズが多いと、体調管理も気を遣うところですね。

佐伯　文庫書き下ろしが百冊になる直前に体調を崩したりしたこともありますからね。執筆ペースは本当にもう、体調に左右されます。小籐次の仲間の職人たちみたいに、とにかく毎日早寝早起き、きっちりと時間を決めて働き、仕事が終わったら酒も家で飲む（笑）。それがいちばん自分に合った生活ペースなんです。

細谷　「酔いどれ小籐次留書」シリーズの場合、佐伯さんのほかのシリーズに比べて、チャンバラシーンが特に多くて派手というイメージがあります。

佐伯　最近の巻はそうでもないんですけど、確かに初期のほうはかなりチャンバラシーンが多かったですね。だけど最近は初期の御鑓拝借や小金井橋の十三人斬りみたいな大活劇が、だんだん減ってきている。でもこれは、小籐次が年をとったというより、作者が老いたということなのかもしれません（笑）。

それから小籐次を書き始めたころより、現実の世界がさらに厳しくなっていて、読者のみなさんも闘争的な気分になれないんじゃないかと。なのに、ぼくの作品だけが相変わらず、やたらと木刀や剣を持って騒ぐようなことばかりしているというのも、なんか変かなという感じもあって、自重しているところがあります。

細谷　でもその分、杜若岩井半四郎の舞台に小籐次が一緒に出てしまうなどという派手なシーンがあったり、敵の槍先につかまってぶら下がったり、アクロバティックなチャンバラシーンが目立ちます。

佐伯　年も考えずに（笑）。あれもねぇ、この場面だからこういうワザにしようとか、まったく考えない。書いているうちに、ああなっちゃう。でもね、チャンバラシーンというのは、実は書いていてとても楽なんですよ。

細谷　そうなんですか？

佐伯　活劇シーンというのは書きやすい。どんどん書けちゃうほうです、ぼくは。でも反対にだめなのが男女の濡れ場みたいなシーン（笑）。その点、チャンバラシーンは自分自身にとっても書いていて息抜きになっていいですね。

細谷　濡れ場というほどではないですけど、おりょうさんも小籐次といつの間にやら、非常に近しい間柄になりつつあります。

佐伯　年齢的なものもあって、作者としても小籐次にはいろいろと仮託しやすいと先程言いました。それで長年の下積み時代や不遇な時代があってね、晩年にも近づいているという小籐次のような人に、普通はこんな恋物語なんかないよということになると思いますけど、逆に書いていて楽しいですね、こういうのは。作者本人には

こういうマドンナみたいな人との出会いなんて絶対にないですから（笑）。また夢物語として仮託して書くから、余計に楽しいんです。

細谷　改めてシリーズを読み返してみると、おりょうさんの名前は一巻目からちゃんと出てくるんですね。

佐伯　出てくるんですよ。

細谷　それはもう、小籐次の思慕の人という設定で最初から考えていたわけですか。

佐伯　なんとなく、ですけどね。寅さんでいえばマドンナみたいな存在という感じでは考えていました。でも、あんなことになるとは、想像もしていなかった。

細谷　これから読む読者もいるでしょうから、あんなことが、どんなことかは、ここでは詳しく触れないほうがいいかもしれません（笑）。

佐伯　ただ小籐次というのは一巻目でいきなり脱藩して、忠誠を尽くす場所や人間関係を失うわけですね。その後は藩の下屋敷を出て、町屋で、市井で生きることになる。その時点では彼のなかにすでに主君はなく、家族もない。忠誠を尽くして守るべきものがない。そうなったときに、おりょう様が旗印になるんですね。女神、聖女としてのおりょう様。そういう存在がやっぱり必要だという意識はなんとなくあったように思います。

細谷　佐伯さんの世代でいうと、日活映画の吉永小百合かなと思いました（笑）。

佐伯　吉永小百合ねぇ。確かにぼくの世代は「キューポラのある街」の頃の吉永小百合には、強い思い入れがある。ぼくなんかもすっごい好きでした。ただあのまま大人になるとちょっと優等生すぎる感じがしないでもない。もしかしたら、ぼくの描くおりょうさんも、そんな感じが出ているのかな。本当はもうちょっと泥沼に咲くハスの花みたいに、清楚できれいなだけでなく、泥沼に根ざしている部分もちらりと見えるというような、そんな深みを書きたいんですけどね。

大衆の支持と、権力との微妙＝絶妙な関係に支えられて

細谷　「酔いどれ小籐次留書」シリーズの醍醐味の一つに、やはり江戸での市井の暮らしのなかで触れ合う人情模様みたいな部分があると思います。主家を飛び出て、天涯孤独になって、なおかついろいろな刺客に次々と襲われる境遇にある小籐次に手を差し伸べる、江戸の大店・久慈屋の庇護や長屋の面々との温かな触れ合いとい

うのは、読んでいてホッとするし、非常に楽しい部分でもありますよね。

佐伯　小籐次をはじめ、ぼくの書く時代小説というのは、現代から見た江戸というものを非常に理想化していると思うんです。ある意味ではいい面しか見ていない。長屋のなかにもね、実際には嫌なやつもたくさんいると思う。でも今の世の中がこんな時代ですからね、読者に純粋に娯楽で読んでもらうぼくの作品では、そういう「実際にはどうだった」というようなことはある意味、忘れようと。

細谷　それは例えば、岩手県出身の野村胡堂が「銭形平次」シリーズで法のユートピアとしての江戸を描いたようなもので……。

佐伯　そうそう。ぼく流の江戸、地方出身者の理想形の江戸なんです。前にもしゃべったことがありますが、幕末・明治の江戸が体のなかに入っている岡本綺堂の「半七捕物帳」だとか、池波正太郎さんの江戸を舞台にした諸作品などとはまったく土台が違う。藤沢周平さんも地方出身ですが、藤沢さんは城下町で育った方で、自我をそこで形成された。そういったことは、時代小説を書くうえでものすごく大きなことだと思います。悲しいかな、ぼくにはそれもない。福岡と小倉の中間の国境地帯、陣屋もないような町で育っているから、江戸を書くにもどうしても架空の地としてのの江戸になる。

細谷　でも、ただ温かいだけじゃなく、先程の新兵衛長屋の新兵衛さんが認知症になったり、安定したレギュラー・キャラクターだと思われていた久慈屋の小僧の国三が、自分を見失って職をしくじり、故郷に帰されてしまったりとか、時には厳しいところもさらりと書いておられますよね。

佐伯　新兵衛さんの一家というのは幸せを絵に描いたような家族なんですよ。まぁ、ご当人が認知症になったからということもあるわけですが、娘が帰ってきて、その旦那の飾り職人がよくできた男で、孫も親身になっておじいちゃんの面倒をみる。計算して書いたわけじゃないけど、神様というのは不思議な作用をされるもので、人間を百パーセント幸せにはしないような気がする。なんとなくそんな心理が働いて、あんな流れになってしまった気がします。結果的に新兵衛さんには、裏長屋暮らしの「負の部分」を負わせたのかもしれません。

　久慈屋の小僧さんの国三も、奉公勤めの辛さみたいなものがあって、夢との狭間の中であんな失敗をやった（第十二巻『杜若艶姿』参照）。ただし、あの子はまだ若いので、作者としても再生させなきゃいけない。再生させた上で一回り大きくな

って江戸に戻ってこさせたいという気持ちはあります。

細谷　読者もそれをうかがうと安心する。作品の登場人物たちの態度も、さりげなく見事です。差配役の新兵衛さんが認知症になったときも、憎まれ口をききながらも長屋の住人は決して見捨てない。小僧が失敗をやらかして厳しく処分されても、主人は再生の道を残す。小籐次たちも目立った手伝いをするわけではないけれど、常に気にかけている。

佐伯　いや、それは細谷さんが非常に温かい見方を、作者以上にしてくださっているからで（笑）、ぼくは格別、そんなふうに意図して書いているわけじゃない。

でも確かに江戸時代の長屋を中心としたコミュニティには、生活の厳しさの反面、そうした運命共同体みたいな感じがあったでしょうから、困ったときには助け合うという気風が自然に培われていたはずです。いつ自分が同じ目にあうかもしれないという保険的な発想もあるのかもしれないけど、それはやっぱり、今の時代には得がたい、江戸時代のいい一面ではないかと、ぼくは思う。

細谷　それが先程おっしゃっていた佐伯さんの江戸、なんですね。

佐伯　そう。ぼくの理想形の江戸。深みはないかもしれないけど、読者にひとときの愉しみを提供することが使命である娯楽作品の作者としてのぼくは、そういう人間関係も大事に描いていきたい。

細谷　深みはないとおっしゃいますが、佐伯さんの作品にはたくさんの人たちが登場して、主人公と同じ時間の流れのなかで、その登場人物たちもそれぞれ変化したり成長したりしていくというのが、非常に大きな特徴だと思います。それも佐伯さんの作品が読者の大きな支持を得ている理由の一つのような気がします。たとえば、長屋の隣の住人である読売の版木職人の勝五郎は最初のうち単なる隣人でしたが、いつの間にか芸能リポーターみたいになっていて（笑）、小籐次に「何かネタはないか？」と聞き出す役割を果たすようになったり……。

佐伯　あの読売の版木職人という設定もまた、事前には何の計算もなくて。長屋で暮らす居職のひとつとして単純に思い付いただけなんです。

細谷　あれは逆に、計算して最初から作られていたら凄いことですよ。

佐伯　確かに読売の版木職人というのは、江戸で一番ビビッドに、さまざまな情報に触れることのできる職種です。現代なら新聞が刷られる前に情報を知る職業ですから、小籐次という「ネタの塊」みたいな人間と隣人同士でいるという設定は、たまたま何の意識もなしにしたのですが、自分でも書いていて面白いところです（笑）。

細谷　小籐次の大庇護者になる紙問屋久慈屋の本家が水戸から近い久慈という設定も、自然の流れのように、水戸藩と小籐次との関係構築に行き着いてしまいます。

佐伯　久慈屋の場合は最初、屋号も何も決めないうちに紙問屋にしようということだけ決めた。それで紙の産地のことをいろいろ調べていたら、久慈紙という強い和紙があって、それが商家などでけっこう使われていたという資料に出合った。高級紙ではないけど広く使われていたらしい。で、久慈はどこだと調べたら、江戸から二泊三日ぐらいで行ける所だと。それで屋号も久慈屋にしたんです。

細谷　それがまた水戸藩との重要な接点になる。

佐伯　久慈って、たまたま水戸領内なんですね（笑）。それでぼく自身は、権威を後ろ盾にするというのが本当は嫌なんです。距離を置きたい。だけど物語を書いていると、主人公の背後に何かしらの権威とか、体制からの庇護の仕組みみたいなものを作ってしまう。そこに安住しているところもある。どの小説も、だから主人公はいったんドロップアウトするんだけど、反体制とかアウトローになりきれない。

細谷　いや、でもこういうエンタテインメント小説って、権力とか体制とかの持っている社会の良識の部分をどこかで担っていないと、逆に話としてまとまらないですよね。とくに時代小説の場合、江戸時代なら幕府や大名家という絶対的な権力がありますから、主人公を自由に活躍させようと思ったら、反権力を旗印にしていたとしても、体制からの庇護がある程度ないとやりにくいと思います。

これからどうなる「酔いどれ小籐次」

細谷　「酔いどれ小籐次留書」シリーズのこれからの展開が愉しみなのですが、最新巻では駿太郎の成長が急に進んできて、小籐次自身、これからは「ろ（櫓）もかたな（刀）も教える」と作品の中で駿太郎に言い始めています。小籐次とおりょうさんがどうなるのかというのも気になりますけど（笑）、小籐次と駿太郎の父子関係は次第に微妙なものを孕んでくる可能性がありますね。

佐伯　第六巻『騒乱前夜』で小籐次と闘った須藤平八郎に託された駿太郎も、最初は赤ん坊だったのが二歳、三歳と成長してきて、今は小籐次とおりょうを急接近させる鎹《かすがい》役を果たしたりしています。

でも、もっと成長していけば当然、自然の流れとして自分と小籐次との本当の関係を知るようになるでしょう。そして事情がどうであれ、小籐次が自分の父親を殺した男だということも知らざるをえないですからね。

細谷　シリーズ全体の流れを見ても、それまでずっと独り身だった小籐次が駿太郎を引き取った瞬間に、新たなステージに上がったという感じがしていました。今は駿太郎の無邪気な言動が作品に潤いを与えていますが、いつまでも平穏無事な父子関係ではいられないでしょう。

佐伯　思春期になって、自分の実の父を殺したのが、養父の小籐次だということを知る頃には、駿太郎はひとかどの剣客だった父の資質を受け継ぎながら、かつて小籐次が父親から来島水軍流を厳しく仕込まれたのと同等の厳しさで、小籐次に来島水軍流を鍛錬されているはずですから、何らかの行動を取るようになるでしょう。

それがどのような方向への行動なのかはまだわからないし、ずいぶん先のことになるはずですが、作者としてもそれが「酔いどれ小籐次留書」シリーズという物語の最後のクライマックスになるのではないかなという予感がしています。確か駿太郎を引き取るかどうか小籐次が迷ったときに、血の絆は強い、養父との間に情は生まれるだろうが血の絆はそれをも凌駕するはずと迷い、その時、戦う覚悟を持てるのかと自問自答する場面を描いたような気がします（第七巻『子育て侍』参照）。

細谷　そこに至る過程においても、駿太郎は幼児のうちから、眉目秀麗な父親の風貌を引き継いで、女性たちにモテモテですから、成長するにつれてさらにいろいろとエピソードが生まれてきそうです。

佐伯　そうでしょうね。

細谷　同時に過去に登場していて、その後、現れていない重要なキャラクターもこれから先、どんどん出していただけると読者としては嬉しいと思います。そんな人物の一人に間宮林蔵がいます（第六巻『騒乱前夜』参照）。

佐伯　いましたねぇ（笑）。

細谷　「酔いどれ小籐次」シリーズは比較的、時代とのかかわりが薄いんですけど、幕府の間者としての間宮林蔵が水戸藩に潜入するという『騒乱前夜』の設定は非常にスリリングでした。小籐次との接触度はさほど深くないんですが、その後の時代の動きを予感させるような登場の仕方だったので、シリーズの幅があのあたりから一気に広がるのかなと思いましたけど。

佐伯　あれっきり、これっきりになっちゃったんですよね（笑）。これから日本が混乱していくという時期であることを示唆しただけで消えてしまった。間宮林蔵が登場した同じ巻で、実はさっき話題になった須藤平八郎と駿太郎の父子も出てきているので、作者の振り子がそっちのほうに行ってしまったんです。

でも物語作者としましては、読者、編集者のご注文には極力お応えしようという気持ちがあります（笑）。ですから間宮林蔵の件も含めて、小籐次と時代との接点みたいなことも、いつか物語の流れの中で実現してみたいと思います。

「酔いどれ小籐次留書」ガイドブック　制作スタッフ

◆ 編集協力

細谷正充（文芸評論家）

髙山宗東（近世史家）

山野肆朗（エディター、ライター）

遠藤　隆（エディター、ライター）

◆ 地図製作

一島　宏

チューブグラフィックス

◆ DTPデザイン

三浦一広（コミュニケーションアーツ）

◆ 写真撮影

タカオカ邦彦

◆ イラストレーション

おおさわゆう

◆ 掲載図絵出典

P.281「江戸名所図会」（国立国会図書館・所蔵）

P.303「的中地本肆」（国立国会図書館・所蔵）

P.311「江戸名所図会」（国立国会図書館・所蔵）

P.315「山海名産図会」（国立国会図書館・所蔵）

P.323「紙漉重宝図」（国立国会図書館・所蔵）

P.327「絵本江戸土産」（国立国会図書館・所蔵）

P.331「近世職人尽絵詞　中巻」（東京国立博物館・所蔵）
Image ▶ TNM Image Archives Source:http://TnmArchives.jp/

P.335「江戸名所百人美女 千住」（江戸東京博物館・所蔵）
Image ▶ 東京都歴史文化財団イメージアーカイブ

P.339「浮世床　二篇一」（江戸東京博物館・所蔵）
Image ▶ 東京都歴史文化財団イメージアーカイブ

この作品は書き下ろしです。

幻冬舎文庫

●幻冬舎時代小説文庫
佐伯泰英
酔いどれ小籐次留書　冬日淡々《ふゆびたんたん》

江戸町年寄・三河蔦屋染左衛門の成田山行に同道した小籐次。一行を狙う賊徒を一蹴すべく奮闘するが、染左衛門自身に人知れぬ秘密があることを知り、思わぬ事態に直面する。待望の第十四弾！

●幻冬舎時代小説文庫
髙田　郁
銀二貫

大坂天満の寒天問屋和助は、仇討ちで父を亡くした鶴之輔を銀二貫で救う。人はこれほど優しく、強くなれるのか？　一つの味と一つの恋を追い求めた若者の運命は？　話題の新星・待望の文庫化。

●最新刊
麻生　幾
瀕死のライオン(上)(下)

日本は何ができる国なのか？　国家機密とされる自衛隊〝特殊作戦部隊〟の真実や日本唯一の情報機関である内閣情報調査室の実態など様々な極秘情報を込めて綴る軍事・スパイ小説の最高峰！

●最新刊
有川　浩
阪急電車

隣に座った女性は、よく行く図書館で見かけるちょっと気になるあの人だった……。電車に乗った人数分の人生が少しずつ交差し、希望へと変わるほっこり胸キュンの傑作長篇小説。

●最新刊
内田康夫
悪魔の種子

秋田県西馬音内と茨城県霞ヶ浦で、二人の男が謎の死を遂げた。お手伝いの須美子の依頼で調べ始めた浅見光彦は、巨大な利益を生む「花粉症緩和米」が鍵を握ると直感する。傑作社会派ミステリ。

幻冬舎文庫

●最新刊
ペンギンと青空スキップ
小川　糸

道草をして見つけた美味しいシュークリーム屋さん。長年の夢だった富士登山で拝んだ朝焼け。毎日を楽しく暮らすには、ときには自分へのご褒美も大切。お出かけ気分な日々を綴った日記エッセイ。

●最新刊
小川洋子対話集
小川洋子

キョロキョロして落ち着きがなかった子供時代のこと、想像力をかきたてられる言葉や文体についてなど、心に残るエピソードが満載。世界の深みと、新たな発見に心震える珠玉の対話集。

●最新刊
おっさん問答②
おっさん糖尿になる！
北尾トロ　下関マグロ

ダイエットに失敗し続け、正真正銘のデブ&糖尿になってしまったマグロが、40代後半で、3か月で20キロ減に成功。しかもリバウンドなし。「カロリーを気にするだけ」という究極の方法とは？

●最新刊
純喫茶探偵は死体がお好き
木下半太

きっかけは、吉祥寺で起きた女教師殺人事件だった。元刑事の真子が犯人を突き止めると、その男を巡って、時代錯誤のお家騒動が巨大化する――。東京が火の海になるバイオレンス・サスペンス！

●最新刊
みなさん、さようなら
久保寺健彦

一生を団地の中だけで過ごす決意をした悟。だが月日が経ち、皆、彼の前から去って行く……。孤独と葛藤の中で伸びやかに成長する少年を描き、青春小説に革命を起こした鮮烈なるデビュー作。

幻冬舎文庫

●最新刊
沈黙入門
小池龍之介

ケチつけをやめる。天皇陛下のようにスローに話す。正義で相手を論破しない。身近で大切な人には幻滅しておく——若き修行僧が、イライラ・不安から解放されて軽やかに生きる作法を説く。

●最新刊
ビター・ブラッド
雫井脩介

新人刑事の夏輝が初の現場でコンビを組んだのは、少年時代に別離した実の父親の明村だった。夏輝は反発しながらも、刑事としてのあるべき姿を明村から学んでいく……。傑作長編ミステリー。

●最新刊
ラストプレゼント
秦　建日子

念願の仕事に若い恋人。順風満帆な人生を送っていたバツイチの明日香を突然病魔が襲う。余命三カ月と宣告された時、最期に会いたいのはかつて手放した娘だった……。名作TVドラマの小説化。

●最新刊
お墓はなくてもいい
ひろ　さちや

あなたは、愛する人と死後会えるのか。あの世はあるのか。葬式やお墓は必要なのか。人間の生死、霊魂、再生の真実に、希代の宗教学者がわかりやすく迫る。人生最後最大の難問が解かれる本。

●最新刊
結婚しなくていいですか。
すーちゃんの明日
益田ミリ

このまま結婚もせず子供も持たずおばあさんになるの？　スーパーで夕食の買い物をしながら、ふと考えるすーちゃん36歳、独身。女性の細やかな気持ちを掬いとる、共感度１２０％の４コマ漫画。

酔《よ》いどれ小籐次留書《ことうじとめがき》 青雲篇《せいうんへん》

品川《しながわ》の騒《さわ》ぎ

佐伯泰英《さえきやすひで》

平成22年8月5日 初版発行

発行人――石原正康

編集人――永島賞二

発行所――株式会社幻冬舎

〒151-0051東京都渋谷区千駄ヶ谷4-9-7

電話 03(5411)6222(営業)

03(5411)6211(編集)

振替00120-8-767643

印刷・製本―中央精版印刷株式会社

装丁者――高橋雅之

幻冬舎時代小説文庫

ISBN978-4-344-41531-7 C0195 さ-11-15